# 元最強の剣士は、異世界魔法に憧れる

GC NOVELS

"In past life, he was the invincible swordsman.
In this life, he longs for the magic of another world."

Story by Shin Kouduki, Illustration by necömi

〈小説〉紅月シン
〈挿絵〉necömi

5

ソーマ・ノイモント

フェリシア・L・ヴァルトシュタイン

――刀術特級・森霊の加護・
精神集中・居合い・心眼：一刀両断。
秒も経たずに距離をゼロにすると、
地面を踏み込むのと同時に右腕を振り抜く。
出す惜しみはなく、初手からの全力だ。
手加減どころか、
殺す気ですらいるつもりで、
鈍《にび》色の斬撃が走り――
「……っ」
だが返ってきた手応えは、
当然のように硬質なそれ。

# 元最強の剣士は、異世界魔法に憧れる

"In past life, he was the invincible swordman.
In this life, he longs for the magic of another world."
Story by Shin Kouduki, Illustration by necömi

# 5

〈小説〉
紅月シン
〈挿絵〉
necömi

# 目 次

†



"In past life, he was the invincible swordman.
In this life, he longs for the magic of another world."

5

Story by
Shin Kouduki
Illustration by
necömi

# 1

いつも通りの日であった。

いつも通りでないことの方が稀《まれ》ではあるのだが、それでも今日もまたいつも通りに一日がすぎていくはずであった。

そう思っていたというよりかはそれ以外有り得ないはずで、だからこそ、彼女――フェリシア・L・ヴァルトシュタインは、その顔に驚愕《きょうがく》と戸惑いを浮かべていた。

周囲に広がっているのは、いつも通りの光景だ。

無駄に生い茂った木々と、物音一つしない静寂。

そこにあるのは普段と何一つ変わらないものであり、だがそんな中に一つだけ異物が紛れ込んでいる。

フェリシアの足元に、一人の少年が仰向《あおむ》けに倒れこんでいたのだ。

歳の頃は十歳前後といったところか。

黒髪を持つその姿に、見覚えはない。

だがこの場合の問題は、見覚えのない人物がここにいることではなかった。

フェリシア以外の誰かがいるということそのものが問題であり、有り得ないはずのことであったのだ。

「……とはいえ、こうして現実にその状況がある以上、有り得ないなどと言ったところで意味はありませんか」

少しずつ驚きが収まってくると、フェリシアはそう呟《つぶや》き一つ息を吐き出した。

どれだけ有り得なくとも、この少年がここにいるのは事実なのだ。

ならば、その事実を受け入れた上で、これからどうするのかを考えなくてはなるまい。

もっとも——

「……それでどうするのか、というところが一番の問題ではあるのですが」

何せこの場所に誰かが足を踏み入れたことなど、フェリシアの知る限りでは一度もないのだ。

どういう対処をすればいいのかなんて、分かるはずもなかった。

「まあ、とは言ったところで、結局のところ取れる手段は二つに一つ、ですか」

即《すなわ》ち、この少年を助けるのか、それとも見捨てるのか、ということである。

正直に言ってしまえば、フェリシアにこの少年を助ける理由はない。

この場所は文字通りの意味でフェリシアのものであり、彼はここに勝手に入ってきた立場なのだ。

追い出す理由にはなりこそすれ、助ける理由にはなるまい。

あるいは、殺してしまったとしても、責められる筋合いはないだろう。

「……さすがにそんなことをするつもりはありませんが。と言いますか——」

殺されるとするならば、それは自分の方だろう。

視界に入る自らの真っ白な髪を横目に眺めながら、苦笑交じりにそんなことを思う。

——魔女。

自分がそう呼ばれている存在であることを、フェリシアはしっかりと理解している。

魔女は世界を乱し、禁忌の存在であるとされるということも。

生きていることが罪とまで言われ、見つかり次第殺されて当然のモノ。

それが、魔女というものだ。

だから、そのことを考えるならば、ここでフェリシアが取るべき選択は一つであった。

助けたところで、感謝されるどころか、殺そうとしてくるかもしれない……いや、その可能性の方が高いのだ。

そしてフェリシアは、死にたいと思っているわけではない。

「ここならば、魔物に襲われる心配もありませんしね……」

このまま放っておいたところで、死んでしまう可能性は低いだろう。

ざっと見た限りではあるが、外傷なども見当たらない。

放っておいてもそのうち目を覚ますはずだ。

「……まあ、それはそれで、問題がありそうなのですが」

この場所はフェリシアの生活圏内だ。

ちょくちょく通るところであるし、何よりも住んでいる場所に近い。

今度はこの少年の意識がある状態で遭遇してしまう可能性がある、ということであった。

しかも、その可能性はかなり高い。

この森は広いが、安全な場所となると限られている。

何をするにしても、まずはこの周辺を拠点とすることになるのは間違いないだろう。

となれば、遭遇しないと考える方が無理のある話だ。

その前に彼がここからいなくなる、という可能性はほぼない。

ここは、そういう場所だからだ。

「彼がどうしてここに来られたのかは分かっていませんから、それ次第では、というところではありますが……」

それでも、彼のこの様子を見る限りでは、何らかの事故のようなものだったのではないかとも思う。

意図的に来られるような場所ではないし、もし意図的に来たのだとすれば、『あの人』が気付かないはずがないからだ。

何にせよ、ここでこの少年を助けようが助けまいが、結局のところは同じことになるということで

——


「……なんて、誰に言い訳をしているのでしょうね、わたしは」

自分の思考が、これからやろうとしていることへの言い訳のようなものになっていることに気付き、苦笑を浮かべる。

だがまあつまりは、そういうことだ。

色々と考えてみたところで、どうするつもりかなんて最初から決まっていたのである。

たとえそうした方が自分に都合がよかろうが、意識のない少年を放っておくことなど出来なかった。

その結果、自分が死ぬことになろうとも。

……いや、そのことに関して言えば、元々問題はなかったか。

死にたいと思っているわけではない。

だが。

「……どうしても生きていたいと思えるような何かがあるわけでも、ないのですから」

そう嘯《うそぶ》き、溜息《ためいき》を吐き出すと、とりあえずフェリシアは少年の方へと歩き出すのであった。

## 2

ふと目が覚めると、視線の先にあったのは見知らぬ天井であった。

どこにでもあるような、素朴なものではあったが、少なくともソーマの記憶にはない。

数度の瞬きを繰り返した後で、ふむと呟いた。

「……どうやら、親切な誰かに助けられたようであるな」

記憶に混乱はなく、目覚める前のこともはっきりと覚えている。

ゆえに、現状を予測するのはそう難しいことではなかった。

何よりも、『斬った』と確信出来る感触が今も手の中に残っている。

そしてそれは、成功したという意味のみならず、覚えのあるものでもあった。

かつて空間を斬った時に得たそれだ。

見知らぬ場所にいるのもそれが原因と考えて間違いなく、つまりは王立学院の迷宮から何処《どこ》かへと『跳んで』しまったのだろう。

「まあ、やりすぎてしまったというわけであるが……結果としては上々、といったところであるか？」

見知らぬ場所へと跳んでしまったとはいえ、目的は果たせた上で、五体満足でいられたのだ。

これ以上を望むのは、色々な意味で贅沢《ぜいたく》というものである。

「無論問題がないわけではないであるが……それも許容範囲内といったところであろう」

呟きながら腕を動かそうとし、僅かに走った痛みに顔をしかめた。

これも、その一つだ。

想定していたよりはマシな方ですらあり――

「ただ、さらに余計な手間を増やしてしまった、という意味で言えば、あまりよろしくはないのであるが――む？」

と、そんなことを考えていた時のことであった。

どことなく控え目に何かを叩くような音が二度、耳に届いたのだ。

音につられるように視線を向け、そこでようやくソーマは自らが今いる場所を目にした。

天井を見た時点で予想は出来ていたが、天井と同様に素朴な部屋であった。

飾り気などはなく、そもそも物自体がほとんどない。

ソーマが今いるベッドを除けば、テーブルが一つに椅子が二つあるだけだ。

生活感などはまるで感じず、元々は物置として使われていたなどと言われても信じてしまいそうである。

が、今は部屋の様子よりも気にすべきことがあった。

ソーマから見て部屋の奥側に設置されている扉へと意識を向ければ、先ほどと同じような音が再び二度鳴る。

おそらくはこちらの様子を窺《うかが》っているのだろうが、どのように応えるべきかと考え、だがすぐにその必要はなくなった。

その直後に、おそるおそるといった様子で扉が開いたからだ。

そして。

「失礼しま――あっ」

目覚めているとは思っていなかったのか、扉から姿を現した少女が目を見開いた。

その瞬間、その瞳の中に様々な感情が浮かぶのをソーマは見て取る。

安堵《あんど》に喜び、警戒に恐怖。

他にも言葉に出来ないようなものが混ざっているようにも見えたが、すぐにその思考は彼方《かなた》へと押しやられていく。

彼女が何者であるのかを一目で理解し、それどころではなくなったからだ。

血のように真っ赤な瞳に、雪のごとく真っ白な髪。

そんな特徴を持つ存在など、ソーマは一つしか知らなかった。

しかし、驚きに動きを止めたのは一瞬だ。

彼女のことは非常に気にはなったものの、それよりも先にやらなければならないことがあったからである。

「ふむ……汝《なんじ》が我輩のことを……？」

「あっ、えっと……はい。その、外で倒れているのを見つけまして……」

「そうだったであるか……それは、感謝するのである」

「い、いえっ、そのっ……はい」

助けられたのは明白なのだから、何よりもまずは感謝を告げるべきだ。

そう思い、実行に移したソーマであったが、少女の反応に僅かに首を傾げる。

どうにも挙動不審気味であった。

まるで、感謝をされるなんて予想もしていなかった、とでもいった反応だ。

人を助けた時点でその程度のことは予想出来るものだと思うが……まあいいかと思い直す。

そういうこともあるだろう。

「礼をする立場でありながら、こんな格好のままですまんであるな。出来ればしっかり礼をしたかったのであるが……」

「い、いえ、わたしは気にしませんが……それよりも、もしかして怪我《けが》をしているのですか？　そういったものは見当たらなかったように思えたのですが……」

「ふむ……いや、怪我というわけではないのである。ちと身体《からだ》を動かすのが辛《つら》いのは事実ではあるが……まあ、単なる筋肉痛であるしな」

「へ？　筋肉痛、ですか……？」

その返答は予想外だったのか、少女はきょとんとした表情を浮かべた。

先ほどからこの少女は驚いたりしてばかりだなと思いつつ、うむとソーマは頷《うなず》く。

そう、先ほど腕を動かそうとした時に痛みが走ったのも、怪我をしたからではなく、筋肉痛によるものであった。

これもまた、やりすぎたことによる代償だ。

まあ、あの時放った技は、前世で龍神《ヒルデガルド》を倒す時に使用したものである。

今のソーマでは不完全にしか放てなかったが、それでも相応の代償があるのは当然であった。

だから、この程度で済んだのは僥倖《ぎょうこう》なのである。

それに、少なくとも数年前に経験したあの筋肉痛に比べれば、まだマシであった。

「だから無理をすれば動けないこともないのであるが……」

「い、いえ、先ほども言いましたように、わたしは気にしていませんから……」

「そう言ってくれると助かるのである。まあおそらくは、明日になれば多少はマシになると思うのであるが」

「そう、ですか……では、お話をするのも明日以降にした方がいいでしょうか？　色々と気になっているとは思うのですが……」

「ふむ……そうであるな。確かに色々と気になっていることはあるであるが、そうしてくれた方がいいかもしれんであるな」

気にしない、と言ってくれてはいるが、さすがに色々と尋ねようとしているというのに寝たままだというのはアレだろう。

さすがのソーマもその程度の分別は付く。

知り合いであるならばともかく、ソーマは彼女の名前すら知らないのだ。

と、そこまで考えたところで気付いた。

「つと、話し合いは明日以降で問題ないであるが、とりあえずはその前に自己紹介でもしておくであるか？」

「そういえば、そうですね。さすがに名前も知らないのでは不便ですから」

「で、あるな。というわけで、我輩はソーマなのである」

「ソーマさん……ですね。分かりました。わたしは、フェリシア・レ……いえ、フェリシアです。よろしくお願いします」

「今のところよろしくお願いするのは我輩のみな気がするのであるがな……助けられた上に、なし崩し的に最低でも明日までは世話になり続けることが確定したわけであるし」

「あっ……言われてみれば、そうですね。とはいえ、わたしとしては最初からそうなるだろうなとは思っていましたので……気にする必要はないかと思います」

「……？」

今の発言に僅かな違和感を覚え、ソーマは首を傾げた。

彼女の様子などから考えると、彼女はソーマが怪我などをしていなかったと考えていた可能性が高い。

となれば、最低でも明日までソーマが世話になると考えていたというのは若干不自然だ。

背後の窓へとちらりと視線を向ければ、まだ陽《ひ》は高い。

これで既に夜に近かったりすれば話は分かるのだが……と、そこまで考え、ソーマは小さく息を吐き出した。

彼女が何者であるのかを考えれば、何らかの事情があるのは当然と言えば当然のことだ。

それが関係しているのかまでは分からないが……気になるようならばそれもまた明日にでも聞けばいいことである。

少なくとも、どうしても今考えなければならないことではあるまい。

そう思うのは、視線を戻した先にいる彼女の様子を見ればこそだ。

未《いま》だ扉の傍から近寄ってこようとしないというのは、当たり前ではある。

助けてくれたからといって、見ず知らずの相手を警戒しないわけではないのだ。

そしてそんな中で変に黙ったりしたら、余計相手を警戒させるだけであった。

まあそれに、ある程度は予想も付く。

その予想が正しければ、ここに世話になるのは明日どころの話ではないはずだ。

であるならば、尚更《なおさら》彼女をこれ以上警戒させるべきではない。

……加えて言えば、彼女はほぼ間違いなくアレなのだ。

警戒させていいことなど、一つもあるまい。

そんなことを考えながら、ソーマは彼女の特徴的な髪と瞳を眺め、僅かに目を細める。

——魔女。

世界の敵とされているその存在のことを思いつつ、さてどうするべきかと、ソーマはこれからのことを思い、再度小さく息を一つ吐き出すのであった。

## 3

ソーマの現状の様子は、言ってしまえばただの筋肉痛である。

無理をすれば動けないわけではないし、少なくとも病人ということではない。

だが、基本的に寝たきりの状態であることにも変わりはなく、ゆえに少し話を続けた後で彼女——フェリシアが部屋を後にしたのは当然のことであった。

そもそも、話をするのは明日以降にすると決めたばかりなのだ。

なのに関係のない話などをして長居をしては意味があるまい。

まあ、出会ったばかりの他人同士なのだから、元々他愛《たあい》ない話で盛り上がるなどということはなかったであろうが。

それに、一人になるのはソーマにとっても都合がよかった。

まだ色々と分からないことは多いが、それでも多少なりとも分かっていることもある。

彼女と話をする前に、まずは頭の整理をしておきたかったのだ。

「何せさすがに突然すぎだったであるからなぁ……」

見知らぬ場所で目覚めた以上は、見知らぬ誰かに助けられた可能性が高いということは分かっていた。

しかしその相手が魔女だとは、さすがのソーマでも予想出来るわけがない。

フェリシアのことを余計に警戒させぬようあまり驚きを顔に出さないようにはしていたが、正直その姿を見た時には大分驚いたものである。

あるいは、この世界に生まれ変わってから、最も驚いたかもしれない。

「ま、色々と考えるべきことはあるではあるが……まずは目の前のことから考えていくであるかな」

そう呟きながらソーマが視線を向けたのは、自らが横たわるベッドの脇に置かれた小さなテーブルであった。

先ほどまではなかったものだが、フェリシアが必要だろうと持ってきたのである。

その上に置かれた『物』と一緒に。

というか、どちらかと言えばそれを置くためにテーブルを持ってきたと言うべきか。

そして、その肝心の置かれた物なのだが――

「ふむ……我輩の目が確かならば果物のように見えるのではあるが……」

フェリシアの話によれば、ソーマは半日近く目が覚めなかったらしい。

そこで、腹が減っているだろうからと、去り際に持ってきてくれたのである。

実際空腹は覚えていたので、ありがたいことではあった。

問題があるとすれば、腕を動かすだけでも割と激痛が走るため、一人では食事が摂《と》りづらいことではあるが、さすがに会ったばかりの女性に食べさせてくれなどとは言えまい。

アイナあたりにならば、その反応を見るためにも口にしていたところだが、いない相手を当てにしても意味のないことだ。

それに、食事のためならば、痛みを堪《こら》えるだけの価値もある……と言いたいところなのだが、正直なところ、ソーマは今、食べさせて欲しいと言えばよかったかもしれないと考えていた。

予想以上に痛みがあった、というわけではない。

そこは許容範囲内だ。

「問題は、何故《なぜ》丸ごと置かれているのか、ということであるな……」

そう、果物のように見える、としか言えないのは、それが丸ごと置かれていたからだ。

フェリシアの目のように赤く、丸いものが三つ、テーブルの上に鎮座している。

それ以外に何もない状態で、だ。

「別に見覚えがない食べ物であることをどうこう言うつもりはないであるし、手掴《てづか》みで丸ごと食べろというのならば否やはないのであるが……」

食事と言われ、これを出されたソーマの心境としては、さすがにもにょっとしたものを隠しきれなかった。

もう少し具体的に言葉にするならば、落胆と困惑といったところだろうか。

もしかしたら遠回しにさっさと出て行けと言われているのではないかと一瞬考えたくらいだ。

「まあ、僅かな時間話しただけとはいえ、そういうタイプには見えなかったであるが……」

そもそもそういう人物ならば、最初からソーマのことを助けなかっただろう。

となれば――

「これはこれで、気を遣った結果……病人食のようなものだとでも考えるべきであるか？」

繰り返すが、ソーマは病人ではないが、基本的には寝たきりの状態なのである。

普通の食事を摂れないことはないが、食べにくいことも確かで、そこを考えた結果、フェリシアが出せる食事の中ではこれが最善だということになったのかもしれない。

「……ま、別に文句があるわけではないであるし、構わんであるか」

あくまで丸ごと提供されたことに戸惑っただけであって、嫌だというわけではないのだ。

そういうことなのだろうと納得しつつ、とりあえずそれに手を伸ばした。

「っ……やはりあまり動きたくはないであるが……まあ、寝ようにも空腹が気になってしまうであるしな。これで足りるかは何とも言えぬところであるが……その時はその時であろう」

そんなことを呟きつつ痛みに顔をしかめながら、掴んだものを口元まで運ぶ。

僅かに漂ってくる甘い匂いから、やはり果物で間違いなさそうだ。

さすがに仰向けのままでは食べづらいため、さらに顔をしかめつつも何とか身体を起こし、そのまま手元のそれへとかぶりつく。

シャクッと小気味いい音と共に、甘さと、そして僅かな酸味が口の中へと広がった。

「ふむ……林檎《りんご》に似た味と食感であるな。ならばやはりこれは病人食として、ということだったのであろうか？　丸ごとなのは……あるいは、これが彼女達にとっての食べ方、ということなのかもしれんであるな」

食事をどのように摂るのかということは、種族や国どころか、家庭によってすら変わるものだ。ソーマの常識の中にはないものであったために戸惑ったものの、そういうものなのだと考えれば、理解は出来た。

「……どうにも、思っていた以上に複雑な状況なようであるしな」

歯形のついた果実を眺めながら、意識を部屋の外へと向ける。

助けられた相手に対して行うのは少々無作法ではあるが、状況が状況ゆえに仕方あるまい。さすがのソーマも、助けられたというだけで相手の全てを信じるほど能天気ではなかった。

相手が魔女であるというのならば、尚更だ。

ともあれ、そうして意識を広げたソーマは、周囲の様子を探っていく。

そこまで詳しいことが分かるわけではないが、それでも今いる建物の大きさや、気配を探ることくらいは可能である。

現状を把握するための参考程度にはなるだろう。

「ふむ……広さとしてはそこそこ、といったところであるか？　四、五人で住むのであればちょうどよさそうな広さであるが……感じる気配はフェリシアのもののみである、か。何処かに出かけている、という可能性もなくはないであるが……」

その可能性は限りなく低い。

もしもそうであったのならば、フェリシアがソーマのもとを訪れるのは、最低でも他の人物が戻ってきてからにするはずだからだ。

幾ら魔女とは言っても……あるいは、魔女であるからこそ、見知らぬ相手と一対一で会うのは無用心にすぎる。

そして先ほど会った際、フェリシアの瞳には確かに警戒などが浮かんでいたことを考えれば、警戒心がないというわけではあるまい。

それらから導き出される答えは、ここにはフェリシア一人しか住んでいないということである。

「……いや、それどころではないであるな、これは」

さらに感覚を広げてみても、他の気配はまったく感じなかったからだ。

人の、ではなく、生物の、であり、どう考えても普通ではない。

何となくさらに遠くにならばいそうな感じはしているが、少なくともこの周辺には近付こうとする様子すらないようだ。

その理由がこの場にあるのか、それとも彼女にあるのかは分からないが……何らかの原因があることは間違いあるまい。

「まあ、この場が普通でないというのは、今更と言えば今更ではあるが」

呟きつつソーマは、窓の外へと視線を向けた。

先ほどから位置がまったく変わっていない陽を見つめ、目を細める。

「……何にせよ、ここにいるのは我輩と彼女だけ、というわけであるな」

つまりそれは、何をしたところで、誰の邪魔も入らないということでもある。

非常に、好都合であった。

……ほんの少しだけ、罪悪感もありはしたが。

「ま、とりあえずは何をするにしても、明日以降の話ではあるが」

さすがにこんな体調では、何をするにしても厳しい。

まずは、問題なく動ける程度にはなる必要があった。

そのためにもと、ソーマは手元の果実を再び口へと運んでいく。

齧《かじ》った瞬間、口の中へと甘さが広がり、それと共に広がった酸味は、先ほどよりもほんの少しだけ酸っぱさが増しているような気がしたのであった。

## 4

「ふぅ……」

自室へと戻ったフェリシアは、思わず、といった様子で溜息を吐き出した。

ふと掌《てのひら》を眺めてみれば、じっとりと汗をかいている。

どうやら自分でも思っていた以上に緊張していたらしい。

当然と言えば、当然ではあろうが。

相手は自分よりも遥かに年下だろう少年だとはいえ、安全だとは限らないのだ。

いや、むしろ危険であった可能性の方が高い。

何せ彼が倒れていた時、その手に剣を握っていたのだから。

無骨な剣ではあったが、だからこそ実用性が感じられた。

そしてそんなものを持っていた以上は、少なくとも彼はある程度は戦うことが出来るのだろう。

念のためそれはこちらで保管してあるが、別に剣しか使えないとは限らないし、あるいは魔法を使える可能性だってある。

もしも彼にその気があったら、フェリシアはこうして自室に戻ってくることも出来なかったかもしれないのだ。

だから緊張するのも当たり前のことで……と、今更すぎることを考えている自分に気付き、つい苦笑を漏らした。

「……本当に、今更ですね。そんなことは、彼を助けた時点で承知の上でしたでしょうに」

それでも、さすがに本当に死ぬかもしれないとなったら平静ではいられなかったといったところか。

我ながら、本当にどうしようもないことだ。

「そもそも、安心するにはまだ早いですしね……」

露骨に反応されることこそなかったものの、あの少年――ソーマは、明らかにフェリシアを目にした瞬間驚いていた。

魔女のことを知っていると考えるべきであり、ならばこの先も何も起こらないと考えるのはあまりにも楽天的すぎるだろう。

「……わたしのことを見る目が、少し気になる感じでしたしね」

気のせいや自意識過剰でなければ、それは欲望を含んだもののように感じた。

その内容まではさすがに分からないが……考えられることは幾つかある。

例えば、聞いた話によれば、魔女を捕らえることに成功すれば、かなりの名誉を得られるのだという。

他にも、一生遊んで暮らせるだけの賞金を得られるのだとも。

そのくらい、魔女というのは恐れられているのだ。

あるいは、純粋に正義感などからフェリシアを殺そうとしているということだって考えられるし、他には、魔女の血肉は最高の素材になるなどといった話も聞く。

何でも、魔法がほとんど使えないような者でも、高度な魔法を使えるようになるとか。

まあ、その辺までくると噂の域を出るものではないが……フェリシアの身を狙うのに十分な理由が存在しているということだけは、事実だ。

「正直なところ……言動が少し怪しかったですし」

特に怪しかったのは、筋肉痛で身体を動かすの辛い、と言ったところだ。

フェリシアも筋肉痛になったことはあるし、確かにその時はあまり動きたくないと思うものだが、それでも寝たきりのまま動けないほどではあるまい。

もしもそれが本当だとしたら、一体何をどうしたらそんなことになるというのか。

とはいえ、動けないこと自体を嘘だとは思わなかった。

おそらくではあるが、彼が動けなかったこと自体は本当なのだ。

となると、どうして筋肉痛などと説明したのかということになるが……彼もフェリシアのことを警戒していた、ということなのかもしれない。

魔女は、世界の敵だとされている。

それ自体に異論はない。

フェリシア自身もその通りだと感じているからだ。

だが、魔女は別に夜な夜な生贄《いけにえ》を欲したりはしていないし、生き血を求めもしていない。

怪しげな薬も作っていない……とはちょっと言えないが、その材料に人の生き胆を用いたりもしていない。

しかし、そう言われている、ということは知っているので、自分の身を守るためにソーマは筋肉痛などと言ったのではないだろうか、ということだ。

怪我が原因ならば身体を動かすのは難しくとも、筋肉痛ならば動かせないわけではない。

実際ソーマもそういった旨のことを言っていたし、そう言うことで抵抗することは出来ると示し、変な真似《まね》をさせないようにしたのではないか、と思ったのである。

「まあ、わたしの考えすぎな可能性もありますが……」

その時はその時だ。

少なくとも、そう考えて警戒しておいて損はあるまい。

「……なんて考えるということは、やはりわたしは死にたくないのでしょうかね」

いや、死にたくないのは事実である。

痛いのは嫌だし、怖いのも嫌だ。

でも。

「そんなことで、いいんでしょうか？」

生きている理由がないのに、生きていても。

普通の人ならば、それでも構わないのだろう。

だが、フェリシアは魔女だ。

ただそこにいるだけで、世界を蝕《むしば》んでいく毒。

死にたくないなどという理由だけで生きていることなど、果たして許されるのだろうか。

「……まあ、許されずとも、とりあえず死ぬつもりはないのですが。やはり死にたくはありませんし、何よりも今は役目がありますから」

だから、今日もフェリシアは生きていく。

今までもそうであったように。

「……こんなことを考えてしまうのは、久しぶりに人と会って、話したからでしょうかね？」

一月《ひとつき》に一度は『あの人』とも会い、話をしてはいるが、あれはどちらかといえば業務連絡などに近い気がする。

少なくとも、会話をしたという気がするものではない。

まあ何にせよ、今日はまだいつものままだ。

ゆえに、いつも通りにするため、持ってきた食事を手に取る。

ソーマへと渡した果実と同じものであり、丸ごとのそれが、一つ。

「……そういえば、彼はあれで足りたのでしょうか？」

フェリシアはいつもこれ一つで足りているが、半日寝ていたこともあってソーマには三つ渡したのだが……思い返してみれば、彼は何かを言いたげにしていたように思う。

後で確認に行くべきだろうか。

「いえ、でも確か、食事が終わったら早く治すためにまた寝ると言っていましたか」

身体が動かせない以上、他に出来ることがないということでもあるのだろうが、そう告げてきたということは、最低限の空腹は満たせると判断したということだろう。

「まあ、一応明日確認してみましょうか。折角助けるということを選んだのですから、不足があったら片手落ちですし」

そんなことを呟いてから、ふとフェリシアは不思議な心持ちになった。

明日。

誰かが共にいる、明日。

いつも通りではないそれを、不思議に思う。

いつかもそんなことがあったはずだが、それは既に遠い記憶の彼方だ。

思い出そうと思っても、よく思い出せなかった。

ただ。

「……悪い気は、しないかもしれませんね」

なんて嘯いてから、苦笑を浮かべる。

その相手に殺されるかもしれないというのに、我ながら暢気《のんき》なものだと思ったのだ。

そして同時に、もう一つ思う。

「やはり、わたしは――」

死にたくはないけれど、死んだらその時はその時で構わない、と思っているのだろう、なんて、今更のことを。

そんなことを考えながら、フェリシアはいつも通りに、いつもの果実を口へと運ぶ。

齧った瞬間、口の中へと広がった味はいつも通りのものだったはずなのに、いつもよりもほんの少しだけ酸味が強いように感じたのであった。

## 5

翌日、目を覚ましたソーマは、身体の調子を確かめるようにぐっと一つ伸びをした。

それから上半身を起こし、何度か手を開閉したり、強く握り締めたりしてみる。

さすがに完治、というわけにはいかないものの、大分痛みは引いていた。

どうやら、食事を取った後すぐに寝た意味はあったようだ。

「……この回復具合を考えても、次の日になったのは間違いないと思うのであるが……さて、実際にはどうなのであろうな」

呟きつつ窓の外へと視線を向けてみれば、寝る前に見たのと同様、相変わらず陽は中天に昇っていた。

感覚からして、半日近く寝ていたはずなので、あるいは夜になれば普通に暗くなったりもするのかもしれないが、しばらくここにいたら時間の感覚が狂ってしまいそうだ。

「ま、どうなるかはこれから次第ではあるが」

と、その時であった。

控え目に扉を叩く音が二度、耳に届いたのである。

扉の向こう側に気配は一つ。

覚えのあるものであり、誰なのかは考えるまでもなかった。

「入って大丈夫であるぞ」

ゆえにそう返答をするも、躊躇《ためら》うような間が一瞬あった。

それでも意を決したのか、直後に扉が開く。

姿を見せたのは、当然昨日と変わらぬ姿をしたフェリシアである。

「おはようございます、ソーマさん。お身体の調子は如何《いかが》でしょうか？」

「そうであるな……まあ、見ての通り昨日よりは大分マシになった、といったところであるな。日常生活を問題なく送れる程度には回復したと思うのである」

「っ……そう、ですか。それはおめでとうございます」

そうは言いつつも、フェリシアの目には僅かに警戒と緊張が走った。

とはいえ、それも当然のことではある。

ソーマが回復したということは、言い換えれば、彼女の身に危険が迫る可能性が増したということなのだ。

ここで警戒をしないようでは逆に心配になるくらいである。

そしてそう思うからこそ、ソーマはフェリシアの動揺には触れず、そのまま話を続けた。

「これも汝のおかげである。世話をかけたであるな」

「い、いえ……わたしは何もしていませんから」

「我輩を助けてくれた上に、こうして安全な寝床を提供してくれただけでなく、食事まで振る舞ってくれたのであるぞ？　何もしていないというのはさすがに謙遜がすぎると思うのである」

「……本当にそうでしょうか？」

「ふむ？」

「それは単に、わたしにとってそうするのが都合がよかっただけかもしれませんよ？　だって……わたしは、魔女なのですから」

フェリシアから告げられたその言葉に、ソーマは軽く目を見開いた。

分かっていたことではあるが、フェリシアの方からそこに触れてくるとは思わなかったのだ。

もっとも、そのうち触れようと思っていた話ではあるし、どう切り出そうかと思っていた話でもある。

こちらこそ都合がよかった。

二重の意味で。

「ふむ……それは重畳であるな。ならば、我輩も遠慮せずに済みそうであるし」

「……え？」

その返答は予想外だったのだろう。

フェリシアは戸惑ったように目を瞬き、僅かに身体を後ろに引いた。

だが構わずに、ソーマは言葉を続ける。

「汝のもとに来られたのは、我輩としても好都合だったわけであるしな」

「っ……それは、つまり魔女に用があった、と？」

「うむ。まあ、ここに来たのはまったくの偶然なのであるが、元々魔女は探していたであるからな」

「……そうですか」

ソーマの言葉に、フェリシアは何かを納得するかのように一つ息を吐き出した。

その様子にソーマは首を傾げるも、まだ話は途中であるし、むしろ重要なのはこれからなのだ。

一旦フェリシアのことは脇に置き、さてどのように言ったものかと思いながら口を開く。

「とりあえず、そこに座ったらどうであるか？　そもそも昨日言っていた話し合いをするために来たのであろう？　込み入った話になりそうであるし……まあ、我輩が言うのも変な話であるが。いや、そもそも我輩もそっちに行くべきであるか？」

部屋の中にある椅子を勧めつつ、ふむと考える。

昨日ならばともかく、今ならば椅子に座るぐらいなら問題はないだろう。

家の主《あるじ》を椅子に座らせ、自分はベッドに入ったままというのも微妙な話だ。

そう思ったのだが、必要ないと言うようにフェリシアは首を横に振った。

「……いえ、ソーマさんはそのままで構いません。確かに、今回は話をするために来ましたし、そのためには座った方がいいとも思いますが、まだ完治をしていないということは、移動するのは多少なりとも辛いんですよね？　わたしは気にしませんから、どうぞそのままで」

「ふむ……そうであるか。では、お言葉に甘えさせてもらうのである」

そうして頷いたのは、実際多少なりとも移動するのは辛いというのもあったが、フェリシアの本音は別にあるのだろうと思ったからだ。

テーブルは小さいために、二人共が椅子に座るとなれば、必然的にその距離はかなり近付く。

おそらくはそれを嫌ったのだろう。

まあ当然の警戒だろうと思いながらフェリシアのことを見つめてみれば、僅かに躊躇《ちゅうちょ》した後、思い切ったように部屋の中へと足を踏み入れ、そのまま椅子へと座った。

「さて……それでは、何からお話ししましょうか？」

「そうであるな……まずは順を追って、ということでどうであるか？　どのみちここが何処なのかといった話は聞かねばならんものであろうしな」

「……そうですね。では、そうしましょう」

そう言って頷いたものの、何から話すべきかと考えているのか、フェリシアはしばし目を彷徨《さまよ》わせる。

しかし、やがて考えが纏《まと》まったのか、一つ頷くと口を開いた。

「わたしが魔女だという時点でもしかしたら察しがついていらっしゃるかもしれませんが、ここは俗に魔女の森などと呼ばれている場所です」

「ふむ、魔女の森、であるか。確かに予想はしていたであるが……本当に存在していたのであるな」

――魔女の森。

それは、この世界で最も忌み嫌われていると言っても過言ではない場所の一つだ。

何せ名前の通り、魔女が住むと言われている場所なのである。

嫌われるのも当たり前と言えば当たり前のことで、同列に語れるものがあるとするならば、魔族達の住む場所である魔の領域くらいのものだろう。

しかし、魔の領域と魔女の森とでは、明確に異なる点が一つある。

忌み嫌われていながらも、具体的に魔女の森が何処にあるのかは知られていないということだ。

そのことから、魔女の森は架空の場所でしかないと言われることもある。

存在しているのならば、見つかっていないわけがない、というわけだ。

実際大半の者はそう考えているだろう。

だから、魔女の森というものは、悪いことをしていると魔女の森に連れ去られてしまうぞ、といった具合に、精々が子供の情操教育に用いられる程度のものなのだ。

ソーマも話に聞いたことはあったものの、正直半信半疑といったところだったのだが――

「まあ、これならば見つからないのも当然ではあるか」

「……え？　もしかして、ここがどういった場所なのか、分かっているのですか？」

「何となく、であるがな。おそらくは、位相のずれた空間、といったところであろう？　ゆえに、向こう側からはここを感知することは出来ない」

感覚的な話ではあるが、何となくおかしいような感じはしていたのだ。

とはいえ、所詮は感覚の話なので、気のせいだと言われればそれまでではあったが……どうやら合っていたらしい。

驚愕の表情を浮かべながらも、フェリシアははっきりと頷いたのだ。

「……よく分かりましたね。その通りです。ここは位相のずれた空間にあり、空間的に隔離されています。だからこそ、本来ならば外から入ることは不可能なはずなのですが……」

「ふむ……」

なのにどうやって入ってきたのかと、向けられたフェリシアの目が、はっきりと告げていた。

そこには先ほどよりも濃い警戒の色が浮かんでいるが、これもまた当然ではある。

入れない場所に入ってきて、しかもそこがどんな場所なのかを把握しているというのだ。

警戒されない理由の方があるまい。

とはいえ、どれだけ疑われたところで、偶然なのは事実なのだ。

「いや、どちらかと言えば、事故と言った方が正確であるか？」

「事故、ですか……？」

「うむ。まあ、とあることを止めようとしたのであるが、勢い余ったというか、加減が利かなくてであるな。空間を斬り裂いてしまったらしく、それで、というわけである。筋肉痛もそれが原因であるしな」

王立学院の迷宮の地下に邪神の力の欠片《かけら》が封印されていて、それが暴走した挙句、周囲を吹き飛ばしかけた、ということを言ってしまうのは、さすがにまずかろう。

そう思って言えることだけを口にしてみたものの、さすがにこれはどうかと思ったのだが……意外にもフェリシアからのツッコミはなかった。

ただ、警戒の色はさらに濃くなったようにも見えるので、単に誤魔化《ごまか》しだと思ったのかもしれない。

もっとも、他に言えることはない上、下手に言葉を重ねたところでより怪しくなるだけだ。

それでも一応何かを言っておくべきかとも思ったが、それよりもフェリシアが口を開く方が早かった。

「……そうですか。それは、お気の毒でしたね」

「うん？　何故気の毒なのである？」

「言いましたよね？　ここは空間的に隔離されています、と。つまり……ここは、外から入ることも出来ませんし、逆にここから出て行くことも出来ないのです」

「……それは、汝の許可なくとかそういう意味ではなく、であるか？」

「はい。この場所は魔女という名を冠してはいますし、わたしは確かに魔女でもありますが、ここは別にわたしが支配していたりするわけではないのです。わたしがここから出してあげたいと思ったとしても、出来ることではないんです。まあ、絶対に無理、というわけではないのですが……少なくとも、すぐに、というのは不可能です」

「……ふむ」

噂では、魔女の森とは、魔女が人々の目を欺き、隠れ住むために作った、とされているが、それではないということらしい。

そこでふとソーマは、昨日のフェリシアとの会話を思い出した。

「そういえば、最低でも今日まで世話になるのを、汝は最初からそうなると思っていたと言っていたであるな」

「はい。この森から出ることが出来ない以上は、それ以外にありませんから」

「ここが閉ざされているとは言っても、ある程度の広さはあるのであろう？　なら、我輩が筋肉痛でさえなければ、汝の世話にならないという選択もあった気がするのであるが？」

「森、という名が付いているのは伊達ではありませんから。確かに危険ではない場所もあるにはありますが……ここですごすとなれば、やはりこの家以外にはないかと思います」

「……そうであるか」

窓の外には、確かに鬱蒼《うっそう》とした木々が連なってはいる。

とはいえ、そこまで問題があるようには見えないが……まあ、そのうち自分の目で確かめるようなこともあるだろう。

何にせよ――

「ま、別に問題はないである。最悪の場合でも手段は考えているであるし……何よりも、汝に会えたことを考えれば、その程度些事《さじ》であるからな」

「つ……わたし――魔女に、ですか」

「うむ」

頷いた瞬間、フェリシアが僅かに身を固くした。

何故フェリシアが緊張するのかは分からなかったが……もしかしたら、こちらの用件に関して既に予測が出来ているのかもしれない。

何せ相手は魔女だ。

その程度出来たとしても不思議はなかった。

「……そういえば、先ほどわたしに用がある、とおっしゃっていましたね」

「いかにも、である」

「……その内容を、お聞きしても？」

「無論である」

むしろ言わない理由があるまい。

再度頷き、真っ直ぐにフェリシアのことを見つめる。

既にこちらの用件は分かっているのだとしても、しっかり言葉として伝えるのが誠意というものだろう。

そして。

「――我輩に是非とも、呪術というものを教えて欲しいのである」

「…………え？」

誠意を込めた言葉に返ってきたのは、何故か不思議そうな呟きだったのであった。

## 6

一瞬何を言われたのかが分からず、フェリシアは瞬きを繰り返した。

しかし、それも当然というものだろう。

てっきり、自分を殺すだとか、そういった言葉が来ると思っていたというのに――

「えっと……呪術を教えて欲しい、ですか？」

「うむ、その通りなのである」

聞き間違えかと思って聞き返してみても、頷きが返ってくるだけであった。

だがだからこそ、尚のこと困惑するしかない。

そしてその困惑が伝わったのか、ソーマは不思議そうに首を傾げた。

「ふむ……魔女なのだから、呪術は使えるのであるよな？」

「え、ええ……それは、もちろんですが」

魔女と呪術とは、切っても切り離せない関係にあるものだ。

むしろ、呪術を使えるからこそ、魔女と呼ばれている、と言った方が正しいかもしれない。

世間では髪と瞳の色こそが魔女である証などと言われているらしいが、魔女の本質というのは呪術にこそあるのだ。

呪術こそが、世界の敵である所以《ゆえん》なのだから。

しかし、となると――

「……ソーマさんは、魔女になりたい、のですか？」

呪術を教えて欲しいというのは、まさかそれがどんなものなのかを知りたい、ということではあるまい。

普通に考えれば、呪術が使いたい、ということだ。

それを何故、とは問うまい。

呪術がどんなものであるのかを知っているのであれば、それを使いたいと思う人がいたところで不思議ではないからだ。

だが呪術を使えるようになるということは、魔女になるということである。

完全に予想外の展開に、思わずフェリシアはごくりと喉を鳴らし……しかし、ソーマはやはり不思議そうな顔をしていた。

「うん？　いや、別に魔女になりたいわけではないのであるが……ああいや、なるほど。呪術を使えるようになるということは、そういうことなのであるか」

「はい。呪術を使えるようになるということは、魔女になるということです。魔法が使えるのに魔導士ではない、ということは有り得るでしょうが、呪術が使えるのに魔女ではない、ということは有り得ません」

「ふむ……そうなのであるか」

「はい」

しっかりと頷くと、ソーマは何かを考えるように俯《うつむ》いた。

その様子に、フェリシアはホッと安堵の息を吐き出す。

これで諦めてくれるだろうと思ったからだ。

自身は魔女ではあるが……いや、自身が魔女であるからこそ、魔女なんていいものではないということを知っている。

これで頷かれてしまったらどうしたものかと思ったが、諦めてくれるのであれば問題は――

「まあ、別に問題はないであるか」

「……え？　あの、何が問題ないのでしょうか……？」

「呪術を使うためには、魔女にならねばならぬのであろう？　ならばなるしかあるまいと、そう言っているのである」

冗談を言っているわけではないようであった。

ソーマは本気で、魔女になっても構わないと言っているのだ。

世界の敵に、なっても。

「……意味を、分かっているんですか？　世界の敵というのは、言葉通りの意味です。世界中の人々が敵になるとかではなく、文字通り世界が敵になるんですよ？」

「ふむ……まあ、実際どうなるのかはなってみてからでないと分からないのであろうが……それでも、おそらく我輩は後悔はしないであろうな」

「……そこまでしても、叶えたい何かがある、ということですか？」

呪術とは、呪いという言葉こそ付いているものの、その実態は、端的に言ってしまえば奇跡である。

だからこそ、呪術でしか叶えられないこともあるし、そのことを知っているならば使えるようになりたいと思ったところで不思議はないのだ。

しかし、奇跡ということは、それは本来起こり得ないことだということでもある。

ゆえに奇跡と呼ばれることを考えれば当然のことであり、そして呪術という名は「だから」でもあった。

本来起こり得ないことを引き起こしてしまうそれは、世界にとっての呪いに他ならないからだ。

だからその奇跡は、奇跡であるからこそ呪術と呼ばれ、使い手は魔女となり、世界の敵となるのである。

だが、そこまで告げたところで、ソーマは変わらずしっかりと頷いた。

「繰り返すであるが、問題ないのである。誰かの迷惑になるのならばともかく、単に世界が敵になるだけであろう？」

「……っ」

それはあるいは、無知から来るものなのかもしれない。

ソーマは未だ子供だ。

世界が敵になるということの意味を、理解していないのかもしれず……だがそう考えるには、ソーマの眼差《まなざ》しはあまりにも真っ直ぐすぎた。

まるで本当に全てを知った上で言っているようにも見え……思わず、フェリシアは目を逸《そ》らす。

あまりにも眩《まぶ》しくて、直視していられなかったのだ。

それを誤魔化すように、口を開く。

「……そこまで言うとは、それは一体どんな望みなのですか？　いえ……そういえば、そもそもの話、それをわたしに願おうとは思わないのですか？」

別にソーマが呪術を覚えずとも、フェリシアが既に使えるのだ。

ならば、フェリシアがその望みを叶えてしまえば、ソーマが魔女になる必要はない。

無論のこと、フェリシアがそうするかはまた別の話ではあるが、ソーマは最初から頼むことすらしなかったのだ。

普通に考えれば、まずは先にフェリシアに頼んでみるところではないだろうか。

そう思ったのだが……ソーマから返ってきたのは、不思議そうに首を傾げる反応であった。

「ふむ？　我輩の願いなのであるぞ？　我輩の手で叶えねば意味がないであろう？」

そして返ってきた、さらに真っ直ぐな言葉に、一つ息を吐き出す。

これ以上は言っても無粋だと思ったからだ。

……とはいえ、だからといって呪術を教えるかはまた別の話ではあるが。

「……そうですか。ところで、そこまでして、貴方《あなた》は一体どんな願いを叶えたいのですか？　ああいえ、無理に聞き出そうとは思いませんが……」

「いや、別に構わんであるぞ？　隠すようなことでもないであるしな。――我輩は、魔法が使いたいのである」

「魔法、ですか……？」

一瞬、魔法と呪術を同一視しているのかとも思った。

引き起こされる結果だけを見れば、魔法も呪術もそこまで差はないからだ。

魔法は法則に従った結果によるものであり、呪術は奇跡によるものであるため、実際には過程も結果も何もかもが違うのだが、似通っていることは事実である。

だがすぐに、そうではないのだろうと思い直した。

ここまでの真っ直ぐな思いに、見合っていないと感じたからだ。

そしてそれは正しかったらしい。

「うむ。元々魔法を使いたかったのであるが、とある知り合いに言われたのである。我輩は、魔法を使えるようにはならない、と」

「……なるほど。ですから、呪術を、ですか」

「我輩も詳細を知っているわけではないのであるが、呪術は時に世界の理《ことわり》すらひっくり返すことが出来ると聞くであるからな。ならば、呪術を使うことで我輩も魔法が使えるようになるのではないかと思ったのである」

ソーマの言っていることは、事実ではある。

確かに呪術を使えば、世界の理を乱すことが可能だ。

時には夜と昼をひっくり返したり、時には晴天から雨を降らせたり。

だが。

「……結論から言ってしまいますが、残念ながらその願いは呪術でも叶えることは不可能です」

「……そうなのであるか？」

「はい。ソーマさんの知り合いの方の言っていることがどの程度信用出来るのかは分かりませんが……呪術まで求めるのですから、少なくともソーマさんは事実だと思っているのでしょう。ですからその前提でわたしも言いますが、才能とはある意味でその人そのものです。存在しない才能を加えてしまったら、その時点でその人は似ているだけの別人となってしまうでしょう」

存在しない才能を追加するということは、言ってしまえば腕をもう一本追加するということと大差ない。

ある側面から見た場合には変わりなくとも、全体から見れば一目瞭然なほどに別の存在へとなってしまうのである。

だから、厳密に言うならば不可能というわけではない。

可能ではあるが、その結果ソーマはソーマに似た別の何者かになってしまう、ということだ。

「ふむ……なるほど。道理であるな。ならば、その方法は諦めるしかないであるか」

「はい。それがいいと思います」

頷きながら、フェリシアはそっと安堵の息を吐き出した。

世界の敵になる人など、増えないに越したことはないからだ。

しかし……どうやらフェリシアはこのソーマという人物のことを何も分かっていなかったようだということを理解したのは、その直後のことであった。

「では、とりあえず呪術は覚えるだけで、魔法を覚える方法はまた別に考える必要がありそうであるな」

「……え？　あの……呪術で願いを叶えるのは諦めたんですよね？　それなのに、何故呪術を……？」

「それはそれであるからな。呪術は結果だけを考えれば魔法と似通っているという話であるし、ならば呪術を覚えて使えるようになることで、魔法を使えるようになるための何らかのヒントが得られるかもしれんである。なら、試さない理由はないであろう？」

当たり前のことを口にしているだけだと言わんばかりの態度に、フェリシアは絶句した。

願いを叶えるためだというのならば、まだ理解は出来る。

だがこの少年は、願いを叶えるためのヒントになるかもしれないようなことのためだけに、世界の敵になるのを受け入れるというのだ。

想像の埒外《らちがい》すぎて、言葉が出てこなかった。

「まあ、問題は我輩が呪術を覚えられるのかであるが……少なくとも、覚えるための何らかの方法は存在しているのであろう？　あるいは、魔女になるための方法が、かもしれんであるが」

「ど、どうしてそう思うのですか？」

「汝は一度も我輩が呪術を覚えられないとは言わなかったであるからな。可能性すらないのであれば、汝はそう言っていたであろう？」

それは事実ではあった。

その方法が存在しなかったら、そう言っていただろうことも……ソーマが呪術を覚えられる可能性があるということも。

奇跡を扱う術であるのだから、当然と言うべきか、教えるだけで呪術が使えるようにはならない。

しかし、とある方法を用いれば、呪術を使えるようになる可能性はあった。

より正確に言えば、ソーマの予想している通り、魔女になれるかもしれない、というものだが……何にせよそれは、おいそれと教えてしまっていいものではない。

そもそも、そんな義理は最初からフェリシアには存在しないのだ。

ソーマが勝手に願いを口にしているだけであり、それを叶えなければならない理由は、ない。

ない、のだが――

「……確かに、その方法は存在しています。あくまでも可能性があるというだけのものですが……試してみる価値はある……の、かも、しれませんね」

真っ直ぐに見つめてくる真っ黒な瞳に負けたようにフェリシアはそう答えてしまい、そんな自分自身へと小さく溜息を吐き出すのであった。

# 7

鬱蒼とした数多《あまた》の草木を掻《か》き分けるようにして、フェリシアはそこを歩いていた。

視線の先には数十メートルほどもある樹木も存在しているが、珍しいものではない。

周囲の光景に大差はなく、人の手がほぼ入っていない場所であることは明らかであった。

森、ではあるのだが、そう呼んでしまうには様々なもののスケールが違いすぎる。

だがそれでも、そこが森という名を付けられた場所であることは事実だ。

そう、ここが、魔女の森と呼ばれている場所であった。

巷《ちまた》では危険な場所として語られているそこを、フェリシアは無造作にしか見えない足取りで歩いていく。

その光景を見る者がいたとしたら、噂は所詮噂でしかなかった、などと思ってしまいそうなものだが、そう思って実際にそこを歩いたら確実に痛い目を見ることだろう。

例えば、その辺に好き勝手に生えている草木だが、その大半は毒を含んでいる。

触れるだけで危険、というものはさすがに少ないが、迂闊《うかつ》にも体内に取り込んでしまったら、少量であっても命に関わるような代物ばかりだ。

しかも、森の中には様々な魔物も住んでいる。

その多くは凶暴というわけではないが、危険ではあった。

総じて、人が住むのに相応《ふさわ》しくなく、そもそも足を踏み入れたら無事に出られる保証すらない場所。

それが、魔女の森と呼ばれる場所なのであった。

そんなところをフェリシアが無造作に歩けるのは、森のことを知っているからだ。

ここは空間的に閉ざされているため、外から新しい種などがやってくることはない。

植物についても、既に生えているものの種類を全て覚えてしまえば、どれが危険なものなのかは簡単に分かるのだ。

そうして、無意識のうちに危険な草木を判別しているからこそ、フェリシアは無造作にしか見えない足取りで歩くことが出来ているのである。

とはいえ、そのことを理解した上であっても、そこに行きたいと思う者はおそらくごまんといることだろう。

危険だということは、それだけの見返りがあるということでもある。

実際魔女の森に生えている草木は危険ではあったが、希少なものでもあった。

その道の研究家ならば危険を承知の上で挑んだだろうし、それは冒険者なども同様だ。

もしも魔女の森の詳細が知られていたとしたら、今とは違う意味でも有名な場所となっていたかもしれない。

無論のこと、だとしても、フェリシアにも魔女の森にも、今との違いはなかったであろうが。

魔女の森は空間的に閉ざされている。

その上、位相のずれた空間に存在しているため、行くことはおろか認識することすら基本的には不可能なのだ。

どこかにあるということが分かっていたとしても、その場所を特定することは、砂漠の中で一粒だけ色の異なる砂を見つけるようなものである。

しかも、砂漠の砂は一色ではなく、そもそも見つけたい砂の色が何色なのかすらも分かっていないような状況だ。

出来るわけがなかった。

そして、物凄い豪運によってそれを見つけることが出来たとしても、今度は位相のずれた空間へと移動する手段が必要になる。

さらに言えば、魔女の張った結界を破った上で、だ。

色々な意味で現実的ではあるまい。

ゆえに、魔女の森の詳細が知られていようがいまいが、現状と違いはなかっただろう、というわけである。

少なくとも、フェリシアの知る限り、ここを見知らぬ誰かが訪れるようなことは一度もなかったわけであるし……まあそれも、つい先日過去形になってしまったわけではあるが。

とはいえ、そんな稀中の稀であることなど、さすがにもう一度は起こるまい。

そういったわけで、フェリシアはいつも通りに歩を進めていた。

時折周囲を見回しているのは、警戒しているからではない。

この森のことをよく知るフェリシアは、ここが警戒する必要のある場所ではないということを知っている。

単純に、探しているものがあるからだ。

先ほどからずっと探してはいるのだが、中々見つからず――

「つと、ありましたね」

そうこうしているうちに、ようやく目的のものを見つけると、フェリシアはその場に屈《かが》みこんだ。

手を伸ばすのは、ちょうど今居る場所の斜め前、その木の根元に生えている一本の花である。

だがフェリシアはそこで、ふとあることに気付いた。

その花には一本の草が絡みつき、とても花だけを引き抜くことは出来そうになかったのだ。

「む……みだりに命を奪うべきではありませんが……この場合は仕方ありませんか」

小さく息を吐き出すと、一度軽く目を瞑《つぶ》った後で、その二つを纏めて引き抜く。

そうして草の方を丁寧に解《ほど》くと、ジッとそれを眺め……もう一度息を吐き出した。

「何かに使えるならば、とは思いましたが、さすがにそう都合よくはいきませんね。まあ目的のものを見つけられただけで、よしとしましょう」

――その光景を、もし見るものが見ていたら、絶叫を上げ、気を失ってすらいたかもしれない。

その直後に少女の華奢《きゃしゃ》な腕が無造作に放り投げたそれは、とある霊薬を作り出す上で必須となる、非常に希少な素材であったからだ。

それ一つを売り払うだけで、一生を遊んで暮らすことが出来る、と言えばその価値のほどが分かるだろうか。

まあそれを言ったら、周辺に生えている草花は、その大半がそんなものばかりなのだが。

しかしそんなことを知らない、あるいは知っていたところで意味のないフェリシアは、そのまま他のものには目もくれずに身体を起こす。

その瞬間、その純白の髪の毛が視界を横切り……ほんの少しだけその口元に力が込められた。

だがすぐにそれを緩めると、手元へと視線を移す。

そこにあるのは今摘み取ったばかりの花であり、その花弁は見事なまでの赤で彩られている。

自身の瞳と似た色のそれをしばし眺めるも、そのまま仕舞いこんだ。

「さて、それでは――」

帰りましょうか、と呟こうとしたところで、フェリシアはその端整な眉を僅かに歪《ゆが》めた。

不意にあることを……ここに来る前に告げられたことを思い出してしまったからだ。

正直なところ、別に無視しても構わないのだが――

「……覚えていたら、と言ってしまいましたし。約束を守らないのは、よくないことですよね？」

そんな言い訳めいた言葉と共にフェリシアが足を向けたのは、帰るのとは真逆の方角だ。

しかし既に理論武装を終えたフェリシアは、迷うことなくその先へと進んでいく。

少しずつ周囲が薄暗くなっていくも、やはりその足取りに迷いはない。

その理由は単純に、恐れる必要がないということが分かっているからだ。

薄暗くなっているのは、ただ周囲に木々がさらに密集し、空を覆い始めているからでしかない。

そもそも文字通りの意味で自分の庭のここで、何を恐れるというのか。

もちろん魔物に襲われたりすればその限りではないが、ここはまだ魔物除《よ》けの結界の中だ。

先祖……いや、歴代の者達によって代々引き継がれ、補強され続けたここには、たとえ龍であろうとも――

「――っ!?」

だがその瞬間、有り得ないはずの音が耳に届いたことで、フェリシアの肩が思い切り震えた。

それは、何かが草木を掻き分けているような音であった。

「えっ……嘘、ですよね……？」

自分が立てているものでは勿論なく、風の音とも違う。

明らかに何かがそこで、フェリシアの位置からはそう離れていない場所で動いていた。

「……っ」

咄嗟《とっさ》に息を殺しその場にうずくまるも、それにどれだけの意味があるのかは不明だ。

しかし慌ててこの場から逃げ去ろうとするよりは、きっとマシだろう。

音はがさごそがさごそと、移動を繰り返しているようであった。

まるで何を探しているような動きに、自然と身体が強張《こわば》る。

こんな調子では見つかった時に逃げられないと思うものの、その時になれば逃げられないのは同じかとも思い直す。

フェリシアが安心してここを歩けていたのは、あくまでも結界があったおかげなのだ。

フェリシア自身に魔物と戦うような術《すべ》はない……あるわけがない。

だって――

「――っ⁉」

瞬間、自身の真横で音が鳴った。

それと共に、そこにあった自身の背丈を優に越えるほどの草木が揺れる。

明らかに、こっちへと何かが向かってこようとしている動きであった。

それを認識したフェリシアは、一瞬迷う。

どの方角へと逃げるのかを、だ。

戦うなどという選択肢は最初からあるわけがなく……だが迷ったことに違いもない。

それは決定的な遅れとなり、次の瞬間には、ガサリとそこにあった草木が左右に分かたれた。

そして。

「むぅ……見つからんであるなぁ。意外といけるのではないかと思ったのであるが――おや？」

「…………え？」

魔物が飛び出してくるのを予想し、咄嗟に両腕で顔を庇《かば》っていたフェリシアは、そこに現れた姿を見て、思考が停止していた。

完全に予想外だったからである。

魔物でないのは、一目瞭然だ。

人の言葉を口にしていたのもあるが、その姿を見て魔物と間違える者はいないだろう。

外見的特徴で言えば自分と大差ないそれは、間違いなく人だ。

というか、何よりも、見知った姿であった。

そんな相手のことをフェリシアは思わずジッと見つめ、相手もフェリシアのことを見つめる。

それから、その首が不思議そうに傾げられた。

「……こんなところで一体何をしているのである、フェリシア？」

「…………それはこちらの台詞《せりふ》です。こんなところで一体何をしているんですか、ソーマさん」

ここ一週間の間ですっかり慣れた……いっそ慣れすぎてしまった感もある黒髪黒瞳の少年を眺めながら、フェリシアは色々な意味を込めて、大きな溜息を吐き出すのであった。

## 8

一体何をしているのか。

その問いに答えようとしたソーマは、しかしふと意外と説明が難しいことに気が付いた。

何故ならば――

「ふむ……周囲の地形及び危険度の把握のための散歩兼リハビリ兼探し物、といったところなのであるが……どれがメインかと言われたら少々答えにくいであるな。割合で言うと大体どれも同じぐらいなのであるが……」

「ああ、もう大体分かりましたから結構です。と言いますか、そもそもわたしが言いたいことはそういうことではありません。わたしは確か、わたしが戻るまで大人しく待っていてください、と言いましたよね？」

確かに言っていたし、聞いてもいた。

だが。

「頷いてはいない、とかいう屁理屈《へりくつ》はいりませんからね？」

「む……何故言おうとしていたことがバレたのである？　はっ、まさか我輩の心を……!?」

「読んでいませんし読めません。が、何となくあなたがどういう人なのかを把握しただけのことです」

そう言って溜息を吐き出した少女に、ソーマは肩をすくめて返す。

順調に相互理解が進んでいるようで何よりであった。

「相互理解だという割に、わたしのことはあまり理解されていないような気がするのですが？」

「うん？　そうであるか？　我輩としてはそれなりに理解出来ているつもりなのであるが……」

「……何を根拠にそんなことを言っているんですか？」

睨《にら》むようにそう言われるも、一応これは根拠あってのことだ。

さすがのソーマも、こんなことを無根拠に言いはしない。

「というか、理解出来ていなければここで会うことはなかったであろうしな」

「……？　どういうことですか？」

「出かける前に聞いた話によれば、今日は本来こんなところにまで来る予定はなかったのであろう？」

「それはそうですが、それは――あっ」

と、どうやらそこでようやく思い至ったらしい。

そう、本来ならここに居るはずのない少女が、それでもここに居るのは、ソーマから頼まれたものを探しに来たからなのだ。

しかしそれを頼んだ時、ソーマは快諾の返事を受け取ってはいない。

素っ気ない態度で、覚えていて且つ気が向いたら探してきます、とだけ言われただけだ。

だが実際には、ソーマの予想通り、こうしてそれが当たり前のように探しに来ているわけでありできていた気がしますが？」


---

「つ……さ、先ほど、あなたはわたしに対して、こんなところで何をしているのか、などと問いかけてきていた気がしますが？」

「理解が進んでいるとはいえ、完全に理解出来ているわけではないであるからな。本当に来てくれたのかと、感心も含めた言葉だったのである」

「あ、あなたは本当にああ言えばこう言いますねっ……」

そうしてさらに睨まれるも、ソーマとしてはやはり肩をすくめるだけだ。

しばしそのままの構図が続くが、やがて諦めたかのように少女の口から溜息が漏れた。

「……ところで、それが予想出来ていたのならば、わざわざあなたがここに来る必要はなかった気がしますが？」

「うん？　何故である？」

「先ほど探し物をしているとも言っていましたが、それはつまりわたしに頼んだアレのことなのでしょう？　わたしが探しに行くことが予想出来ていたのならば、わたしに任せればいいだけではないですか」

「いや、さすがに頼むだけ頼んで自分は何もしないというわけにもいかないであろう？　自分でも探してみて、見つかればよし。見つからず合流してしまった時は、荷物持ちでもすればいいであるしな」

それに先ほども述べたように、周辺の把握とリハビリのためでもあるのだ。

何にせよ無駄にはならない。

「……ところでふと思ったのですが、あなたはアレの外見的特徴などを知っているのですか？」

「いや、まったく知らんであるが？」

「それでどうやって探そうと？」

「見れば分かる、そんな気がしたのである」

「確実に気のせいですね……まったく」

言葉と共に再度溜息が吐き出された後、その手に持たれた籠のようなものがこちらへと差し出された。

その意味が分からずに、ソーマは首を傾げる。

「ふむ……？　これは一体……？」

「荷物持ちをしてくれるのではないのですか？　折角ですから、それならばお願いします」

「なるほど。そういうことなら了解なのである」

「本当に持つんですね……分かりました。ではついでですし、この周辺のことも簡単にわたしが教えましょう」

「む、いいのであるか？」

それは正直助かるが、どう考えても本来の予定にはないものだ。

荷物持ちに関しては、アレを探してくれることの代価のようなものだし――

「別に問題ありません。実際にその場に行くのではなく、歩きながら説明するだけですし。それに……こう言っては何ですが、あなたも知っての通り、正直時間ならば有り余っていますから」

「ふむ……まあそういうことならば、頼むのである」

「承りました」

頷くと、早速とばかりに歩き出したその歩幅に合わせ、ソーマも歩き出す。

視線の先で揺れる真っ白な髪が自然と視界に入り……ソーマはそれを眺めながら、ふとその背から感じられる緊張と警戒が大分薄れていることに気付き、目を細めた。

ソーマとフェリシアが出会ってから、今日で一週間が経《た》つ。

その間に色々なことがあった……ということは、特になかった。

筋肉痛が治るまではフェリシアから大人しくしているようにと言われていたし、世話になっている相手からそう言われてしまえば従うしかあるまい。

そのため、あの家で出来たことは、フェリシアと時折他愛ない雑談を交わすことくらいだったのだが……あるいは、それがよかったのかもしれない。

言葉を交わすということは、互いを理解していくということでもある。

相互理解が進んでいっているというのは、ただの冗談ではなく、事実でもあるのだ。

実際ソーマは一週間前よりも確実にフェリシアのことを知っているだろうし、フェリシアもソーマのことを知っているだろう。

そのことは態度にも表れてきており、それが警戒心などを薄れさせるという結果になったのだ。

そしてそれは、喜ばしいことであった。

見知らぬ相手を警戒するのは当然のことではあろうが、かといって警戒されて嬉しいわけがないのである。

まあ、心を許してくれているというにはまだまだといったところではあるが、それもまた当然のことだ。

フェリシアも言っていた通り、時間はたっぷりとある。

気になることもあるが、そういったことも含めて、これからといったところで――

「――ソーマさん？　どうかしましたか？」

「――む？」

ふと気が付くと、前を歩いていたはずのフェリシアが真横に来ていた。

どうやら少しばかり、思考に集中しすぎてしまったらしい。

「……いや、すまんであるな。ちょっと考えごとをしていたのである」

「……そうですか？」

そう言って首を傾げた拍子に、その純白の髪の毛が揺れ……つい、視線が向かう。

自らの黒い髪と見比べ、ふむと呟いた。

「それで、どうかしたのであるか？　ああいや、そういえば周辺の説明をしてくれるのであったか」

「いえ、そのつもりだったのですが、予想外に早く見つかってしまったもので」

「ほぅ？　どれである？」

「あれです。花の色が青いですから、すぐに分かるかと思いますが」

フェリシアの指差す方向へと視線を向ければ、確かにすぐに分かった。

周囲には沢山の草花が生えているが、そこには一つだけ、花の色が青いものがあったのだ。

ただ、その花は特徴的ではあったものの、ここには本当に沢山の草花がある。

最初からそれだと分かっていても、ソーマ一人では見逃してしまっていたかもしれない。

いや、実際ソーマは一人でこの周辺を探してみたのだが、こんな花を目にした記憶はないのだ。

「ふむ……こんな簡単に見つけてしまうとは、さすがは魔女であるな」

「……っ」

その言葉を口にした瞬間、フェリシアの身体が僅かに強張ったのをソーマは感じ取った。

そのことに、小さく息を吐き出す。

魔女であることを気にしないどころかむしろよかったと何度か伝えてはいるのだが、どうやら未だフェリシアの方は気にしているらしい。

この辺もはまだ相互理解が不足しているところか。

無理もないことなのかもしれないが。

まあ、そういったことも後々、といったところだろう。

その時が訪れるのは、もしかしたらこのすぐ後かもしれないが。

ともあれ、目的の物を無事回収したソーマ達は、そのまま来た道を戻ることにした。

これ以上この森に用はないからだ。

いや、本当はもっと色々見て回りたいという気持ちもあるのだが……今はもっと優先すべきことがある。

逸《はや》る気持ちを抑えながら、道中フェリシアから周辺のことなどを聞きつつ、ソーマはフェリシアと共に来た道を戻っていくのであった。

9

「ふむ……もっと周辺には色々なものがあるのだと思っていたのであるが、意外とそうではないのであるな」

ソーマがふとそんな呟きを漏らしたのは、見覚えのある場所に出た時のことであった。

来た道を戻ったのだから見覚えがあるのは当然と言えば当然なのだが、そう言い切ってしまうにはこの森は人の手が入っていなすぎた。

どこもかしこも似たような場所にしか見えないのである。

さすがのソーマも、はっきり見覚えがあると言えるのは毎日見ている場所周辺だけだ。

そしてそう言えるようになったということは、家に近付いてきたということであり、だがここまでの道中でフェリシアから聞けた話は思っていたよりも多くはなかった。

見ても分かる通り、沢山の草花は生えているのだが、正直なところ魔女の森などと呼ばれているのだから、もっと様々なものがあるのではないかと思っていたのである。

しかしその言葉に、フェリシアは当然だと言うように頷いた。

「所詮森ですからね。そのほとんどが採取地なのは当然ですし……そもそも、わたしが知ってるのはその中でもさらに一部です。結界が張っていない場所に何があるのかは、わたしもよく分かっていません」

「魔女の森なのに、であるか？」

「以前にも少し話しましたが、ここが魔女の森などと呼ばれているのは、単に魔女が住んでいる森だから、というだけです。この森そのものとわたし達は、実際には何の関係もありません。もちろん森の主だということもありませんし……まあ、かつては主同然に振る舞っていた人がいたのは事実らしいですが。しかしわたしに限って言えばそうではなく、わたしのことを簡単に殺せてしまうような魔物も、ここでは珍しくはない……という話です」

「要するに、人による都合、であるか……まあ、よくあることと言ってしまえばよくあることであるな」

と、そんな会話を交わしているうちに、二人の足が止まった。

鬱蒼とした草木はいつの間にか周囲から姿を消しており、そこだけ刈り取ったかのようにポッカリとした空間が空いている。

そしてソーマ達の目の前にあるのは、紛《まご》うことなき家であった。

主に木、というか丸太を利用して形作られているそれは、所謂《いわゆる》ログハウスなどと呼ばれるものだ。

この森で発見されたらしいソーマが運ばれ、この一週間世話になっている場所であり、フェリシアの住居であった。

「ただいま帰りました」

「うむ、おかえりなのである」

「……これまでは確かにそれで正しかったでしょうが、今はソーマさんも一緒に戻ってきたのですからそれはおかしくありませんか？」

「とはいえ、返事がないのも寂しいであろう？」

「いえ、別に。……今までずっとそうでしたし」

「今までがそうだからといって、寂しくないわけではないだろうに。まあならば我輩が気に食わんから、という理由で構わんので大人しく受け入れるのである」

「何ですか、それは……まったく、あなたが来てからというもの、ペースが狂って仕方がありません」

「そうは言われても、我輩を拾ったのは汝であるからな。その責任は、汝自身で取ってもらわねば。

ということで、我輩もただいまなのである」

「随分と勝手な言い草ですが……確かに、拾った側が責任を取るのは道理ですか。そ、それでは……えと、こほん。お、おかえりなさい、です」

予想していたことではあるが、この森にはフェリシアしか住んでいない、という話は既に聞いていた。

しかも、数十年という単位でそうらしく、そのことから考えると、あるいはフェリシアがおかえりという言葉を口にするのはこれが初めてなのかもしれない。

その言い方はどこかたどたどしく、ソーマは口元をほんの少しだけ緩めた。

「さ、さて、それでは食事にしましょうか。もうお昼ですし」

「……そうであるな」

それはあからさまな話題転換であったが、混ぜっ返す必要もないので、苦笑を浮かべつつ乗っておく。

さっさと先に進んでしまったフェリシアの後をゆっくりと追うと、ログハウスの内装が視界に映る。

装飾などはほとんどなく、テーブルや椅子などは置かれているが、その全てを含めても、そこから受けるのは質素という印象だ。

ソーマもあの部屋から外に出て初めて知ったのだが、別に質素なのはあの部屋に限ったことではなく、この家全体がそうであったらしい。

とはいえ、こんな周囲に森しかない……というか、森の中にある家だということを考えれば、ちゃんとした家の内装になっているというだけで十分すぎるというものだろう。

「ふむ……」

ただ、これはしっかりと聞いた話ではないのだが、どうもこの家はフェリシアが作ったものではなく、椅子やテーブルなども彼女が用意したものではないようだ。

何でも先代や先々代などの歴代の魔女達が、少しずつ整備し拡張していったのだとか。

そういった言い方をするのは、そもそも魔女とは血筋でなるものではないからである。

白髪の子供が生まれたらそれを魔女と呼ぶとも、魔女になったから白髪になるのだとも言われているが、その詳細は一般的には不明だ。

少なくとも、不明ということになっている。

まあそれは、白髪の者は存在自体が有り得ない、などと言われていることからも明らかだろう。

もしもそんな子供が生まれてしまったら――

「ソーマさん、すみませんお待たせ……ソーマさん？」

「ん、何でもないのである」

ふと頭を過《よぎ》ったことを投げ捨て、ソーマは椅子へと座る。

食事時に考えるようなことではないし、どうせ考えたところで愉快なことではないからだ。

それよりも今はと、フェリシアが持ってきた料理を眺め……料理……？

「ふむ……」

「な、何ですか……？　何か言いたいことがありそうに見えますが……何か文句でも……？」

「いや、別に文句はないのであるが……」

ない、が……目の前のものは料理ではないなと、そう思っただけである。

これは別にフェリシアの料理の腕を揶揄《やゆ》しているわけではない。

揶揄も何も、そもそも文字通りの意味でしかないからだ。

ソーマの目の前に置かれたもの。

それは俗に、フルーツ盛りなどと呼ばれるものであった。

「ちゃんと切ってありますし、問題ない……ですよね？」

その言葉がどこか自信なげなのは、こうしてちゃんと切ったものを出すのは今日が初めてだからだろう。

昨日まではずっと、丸ごと出されていたのだ。

それを指摘した結果のこれだということを考えれば、ああ、学習し成長しているのだな、と思いはするが――

「……病人食的なものではなかったのであるな。まあ、何となくそんな気は薄々していたのではあるが……」

「はい？　何か言いましたか？」

「いや、ちょっと聞きたいことがあるのであるが……もしかしてフェリシアは、肉とか野菜とかを普段食べたりしないのであるか？」

丸ごとだった、ということはさておき、病人への食事にフルーツを出すのは間違いとは言い切れない。

まあ、病気ではなく筋肉痛だったわけだが、そこまではまだ許容範囲内ではある。

ただ、病人の食事だからこそ、いつまでもフルーツというわけにもいくまい。

栄養のあるものが必要なはずで、だというのに二日経っても三日経っても、果てには昨日までずっとフルーツのみだった時点で、何となく察してはいたのだが……どうやら、案の定のようであった。

「そうですね……そもそも貰っていませんし」

貰う、という言葉はそのままの意味だ。

この森は色々なものが生えてはいるが、人が食べられるものはないらしく、ソーマがここで世話になる以外に方法がないというのは、そういう意味でもあったらしい。

そのため、フェリシアは一月に一回程度、食料を分けてもらっているらしいのだ。

この森の、この空間の外にいる者達から。

それは色々と考えられることではあったが、一先《ひとま》ずソーマはその思考を脇に退《ど》けておいた。

「それは最初からであるか？」

「いえ、最初の頃は肉なども貰っていましたし、捨てるのも申し訳ないので食べてもいました。ですが、食べづらかったり、味がなくて正直美味《おい》しくなかったりしたので、いつの頃からか貰うことそのものをしなくなりましたね」

「……なるほど」

切る、という手段を教えた時の反応からして何となくそんな気はしていたが、どうやらこの少女は、料理という工程の意味をまるで理解していないらしい。

推測でしかないが、多分肉や野菜をそのまま食べていたのだろう。

美味しくないのも当然ではあろうし、果物ばかりとなるのは道理で、それでも構わない。

ただし勿論のこと、それは栄養のことを無視すればの話だが――

「ちなみに、風邪とかはひかんのであるか？」

「風邪、ですか……？　そうですね……ひいた記憶はありません。と言いますか、そもそも病気になったこと自体がないかと。まあここで病気になったりしたら色々と大変ですし」

「ふむ……」

そこでソーマが目を細めたのは、どう考えてもそれが普通では有り得ないからだ。

幾らなんでも果物だけでは、色々と栄養が足りなすぎるだろう。

最初の頃は、と言っているあたりから考えても、相当に長い間そうしているはずだ。

だがその割には、特に栄養失調だったりするようにも見えない。

少なくともソーマの目に映る限りでは、フェリシアの身体は、健康そのものだ。

たとえ、ソーマよりも年上にもかかわらず、その体格はソーマと大差なくとも、である。

一見それこそが栄養失調の証のようにも思えるが、おそらくそれは種族的な問題だ。

パッと見、フェリシアは人類種のようにも見えるのだが、本人の言動から察するにどうも違うようなのである。

さらには、数十年の月日を生きている、などということも以前口にしていた。

年上だと言っているのは、その発言を受けてのものだが……身近にも見た目と実年齢が異なる人物がいるので、特にそのことを驚きはしないものの、そうなってくると彼女は長命種ということになってくる。

病気になったことがないというあたりからすると、妖魔種あたりの可能性もあるが、妖魔種は長命種ではなく、その寿命は人類種のそれとほぼ同じだ。

そもそも長命種と呼ばれるような種は限られており……だが寿命の問題も、病気のことも、あるいはそれも魔女になったことの副作用である可能性もある。

案外聞けば答えてくれるのかもしれないが、別に詮索したところで意味のあることではないので、黙っておくことにした。

「ふむ……肉や野菜などは、まったく残っていないのであるよな？」

「残っていないはずですね。食べきれない分があったところで、さすがにとっくに捨ててしまったはずですし」

「まあそれはそうであるか」

いつ頃まで貰っていたのかは知らないが、口ぶりからすると最低でも十年以上は前のはずだ。

この家の地下には食料保存庫があり、貰った食料はそこで保存しているらしいが、最適な状態が維持されているらしいそこでもさすがにそれだけの期間もたせるのは無理だろう。

「あの、それがどうかしましたか……？」

「いや……何でもないのである」

フェリシアが果実だけを食べていても問題がないのは、果たして彼女の種族が理由なのか、あるいは魔女だからなのか。

それ如何《いかん》では、このままではソーマが栄養失調で倒れそうな気もするが……まあ、今すぐ問題になるようなことでもあるまい。

様子を見つつ、どうするべきか考えればいいことだろう。

まあ念のために、ないとは言われたものの、一応この周辺で食べられるようなものがないか探しといた方が――

「む……探すといえば」

そこでふと、思い出した。

そう、そういえば、今日はそのために外に出たのだ。

周辺の調査のためでもあったし、ようやく筋肉痛が完全に回復したので、リハビリも兼ねてではあったものの、本命はやはりそれなのである。

今も持ったままであった籠に手を突っ込むと、そこからそれを取り出す。

一輪の、青い花を、だ。

それを目にしたフェリシアが、溜息を吐き出した。

「もうお昼を用意してしまったのですが？」

「別に多少置いといても腐るわけではないであろう？」

「それを言ったら、それこそお昼の後でも問題ないと思いますが？」

「我輩の心情的に問題が発生するのである」

「それ完全にソーマさんの都合ではないですか……まったく」

そう言ってフェリシアは再度溜息を吐き出し、だがテーブルから身を離した。

そのことにソーマは口元を緩め、フェリシアへと近付くと、その手の花を差し出す。

そして。

「うむ、では、すまんのであるが――これで我輩が呪術を使えるようにして欲しいのである」

悲願を叶えるためのそれを、口にするのであった。

## 10

後方からの視線を感じながら、フェリシアは溜息を吐き出した。

物凄く期待されているのは分かるのだが、生憎とそれに添えるのかは分からない……むしろ、無理な可能性の方が遥かに高いのだ。

思わず溜息が漏れてしまうのも、仕方のないことだろう。

まあ、それならば最初から受けなければよかった……いや、そもそもこれに関することを教えなければよかった、という話なのだが――

「……それが出来ていれば、こうして苦労などしていませんよね」

「うん？　何か言ったであるか？　まさかもう……!?」

「まだですから大人しく座っていてください。と言いますか、出来たらお持ちします、とお伝えしたはずですよね？」

「そんなこと我輩が待てるわけがないであろう？」

「いえ、そんな自信たっぷりに言われても困るのですが……」

そんなことを言いながらも、待ちきれないとばかりに笑みを浮かべつつこちらをジッと見つめてくるその瞳から、フェリシアはそっと目を逸らす。

漆黒のそれは、自分との違いをこれでもかというほどに示し……そしてあの日のことを、思い出させるからだ。

今更と言えば今更ではあるが、どうしてあの日、自分は彼の言葉に応えてしまったのだろうか。

本当に今更でしかないのだが、思い返してみたら随分と迂闊だったような気がする。

今でこそ、ようやく彼のことは信用出来るかもしれないと思えるようになってきたが、あの時はまだそんなことはなかったというのに。

まあこの数十年、月に一度あの人達に会う以外、人との交流など皆無に等しかったのだから、仕方がないことだったのかもしれないが。

とはいえ、迂闊であることに変わりはなく、このことが知られてしまえば、さすがに怒られるかもしれない。

「……それはそれでありかもしれませんね。最近特に素っ気無い気がしますし」

「今度こそ……!?」

「出来ていませんから、座っていてください」

まったく迂闊に独り言を呟くことも出来ないと、溜息を吐き出す。

もっとも、いい機会だからこの際、矯正するのもありなのかもしれない。

フェリシアに独り言が多いのは、今までの時間のほぼ全てを一人ですごしてきたからだ。

寂しさから、というわけではなく、単に言葉を忘れないためである。

ある時一年ほどまったく喋《しゃべ》っていなかったら、どうやって言葉を話せばいいのか忘れてしまっていることに気付いたのだ。

さすがにこれはまずいということで、敢《あ》えて思考を口に出すようにしていたのだが、どうやらそれが癖となってしまっていたらしい。

ソーマが来てから気付いたことの一つであった。

「……まあ、どうでもいいことと言えば、どうでもいいことなのですが」

「っ……!?」

「気が逸るのは結構ですが、そろそろ鬱陶《うっとう》しくなってきましたので、出て行ってもらいますよ？」

「む、それは困るのである」

言うや否や大人しく座り、だが相変わらずその目だけはこちらの動きをジッと捉えて離さない。

それはその熱意を正しく表しているかのようでもあった。

……正直に言ってしまえば、フェリシアはソーマが何故そこまでの熱意を持てるのか、いまいち理解することが出来てはいない。

そこまで渇望するような何かを得たことなど、一度もないからだ。

とはいえそれは、ある意味で当然のことではあった。

魔女というものは、言ってしまえば与える側の存在だからだ。

そして与える側であり、奇跡を起こせるからこそ、魔女は安易に自分の願いを抱いてはならない。

少なくとも、フェリシアはそう教わってきた。

思い返してみれば……そもそも、何かを望んだことそのものが、ないかもしれない。

「別にそれで困ったことはありませんしね……」

「……………」

「黙って立ったり座ったりしたところで、鬱陶しいことに違いはないんですが？」

「我輩にどうしろというのである⁉」

「ですから、大人しくしていてくださいと言っているではないですか」

まあ矯正するのもありとか言いながら、変わらず独り言を続けている自分も悪いのだが。

そんなことを思いながら、フェリシアは手元に注いでいた視線を、一瞬だけ後方へと向ける。

瞬間ソーマが無言で立ち上がったが、これは完全に自分が悪いので、軽く目礼だけをし、何も言わずに視線を戻す。

直後にソーマが座ったのが分かり、ほんの少しだけ口元を緩めた。

雰囲気だけでがっかりしたのが伝わり、本当に渇望しているのだということを、改めて感じたからだ。

……あるいは、これについて教えたのも、あの時それを、自分の中には存在しない何かをソーマの目に見て、感化されたからなのかもしれない。

「……まあ、あるいは、単に勢いに負けたというだけなのかもしれませんが」

今度の呟きに反応はなく、ちらりと後方を見てもやはり反応はなかった。

ただジッとこちらを見つめており……それはこちらの言葉に従っているからなのか、あるいは、フェリシアがそれを手に持ったからなのか。

フェリシアが手にしたのは、先ほどソーマから渡された、一輪の青い花であった。

そして同時に、今作っているものの中で、最も重要な素材である。

——今更ではあるが、フェリシア達が今いるのは、工房であった。

家の最奥にある魔女の工房であり、主に呪術を補助する薬を作ったり、呪術とはまた別の目的で用いる薬を作ったりする場所である。

今、手元で様々な素材を混ぜ合わせているのも、そういった薬を作り出すためであり、目的としては後者に分類されるものだ。

つまりは、呪術とはまた別の目的で用いるものであり、彼の望みを叶えることが出来るかもしれないもの——魔女となるための、その薬であった。

魔女には、二通りの成り方が存在している。

生まれた時からそうなのと、後天的に成ることだ。

そしてこの薬こそが、後天的に成るための手段の一つなのである。

もっとも、フェリシアはあくまでもそれを知っているだけだ。

試したことはないため、具体的にそれによって何がどうなって魔女となるのかまでは知らない。

ただ、この薬を飲み、その資質と資格があれば魔女に成る、ということを知っているだけなのである。

……厳密に言えば、フェリシアも飲んだことはあるのだが、その時は何も起こらなかった。

まあその時には既に魔女であったため当然なのだが、これは魔女と成ったものも飲まねばならないものらしい。

その意味まで教わることはなかったのだが、これを飲むのは魔女であるためには必要なことなのだということだけは教わったのだ。

ともあれ、だからこそ、実はこれをソーマが飲んだら何が起こるのかは、分かってはいない。

魔女になり呪術を使えるようになるのかもしれないし、もしくは魔女にはなるが呪術は使えないかもしれないし、あるいはそもそも何も起こらない可能性だってある。

いや、最悪死んでしまう可能性だってあるのだ。

無論のこと、そのことはソーマにも伝えていた。

だがソーマは、その話を聞いた瞬間、迷うことなく頷いたのである。

ならば、その話をしたフェリシアが薬の作製を拒むのは、道理に合うまい。

とはいえ、その要となる花だけは手元になく、それが見つかったらという条件だったのだが――

「……今更、迷いのようなものがあるのは何故なのでしょうか」

それだけは口の中だけで呟き、小さく息を吐き出す。

話をしただけではなく、花を見つけたのも自分なのに。

しかしその疑問に答えが返ることはなく、青い花が加わった薬は、やがてその花の色に全体を染め上げる。

見覚えのあるそれに一つ頷くと、今度こそはっきりと後ろを振り返った。

「お待たせしました。出来ましたよ……多分」

「今ちょっと聞こえてはいけない言葉が聞こえた気がするのであるが？」

「気のせいでしょう」

だが断言出来ないのは仕方がないのだ。

何せ確かに作り方は教わったものの、それはもう数十年も前のことなのである。

絶対必要になるからということで記憶に刻み込みはしたが、一度も作ったことはないのだ。

何処かの工程を間違えてしまったり、何かが足りなかったりする可能性は否定――

「――あ」

「む？　……もしや本当に失敗を？」

「いえ、そういうわけではありません。ただ、少しだけお待ちください。そういえば、しっかりとかき混ぜていませんでしたから」

それは勿論というべきか、嘘だ。

ただし、失敗していないというのは本当である。

最後に一つ、加えなくてはいけないものがあるのを、思い出したのだ。

正直なところ、本当にこんなものが必要なのかは疑問があるのだが、教わった中に含まれているのだから仕方がない。

「……っ」

指先に走った小さな痛みに唇を噛《か》むが、ソーマには気付かれないよう、ゆっくりと薬を混ぜていく。

瞬間、そこに一滴だけ赤い液体が混ざるも、すぐに青の中に消えていった。

そうして一通り混ぜた後で、指先を隠すようにしながら、かめから容器へと中身を移し替える。

別に必要ないと言えば必要ない工程なのだが……さすがにそのまま出すわけにもいかないだろう。

「はい、というわけで、今度こそ完成です。どうぞ」

「ふむ……これを飲むことで魔法への手掛かりが得られるかもしれないとなれば、さすがに緊張するものであるな」

「可能性がある、どころか、可能性の可能性があるかもしれない、といったところだと思いますが……それも、どちらかといえば、低いはずですし」

「なに、僅かにでも可能性があるだけで十分なのである。……ところでふと気になったのであるが」

「はい？　何ですか？」

「これを飲んで我輩が本当に魔女になれたとしたら……我輩どうなるのである？」

「どう、とは……」

それは説明が難しい話であった。

魔女がどういうものなのかは説明したし、ソーマも理解したようだが、では新しく魔女となったものがどうなるのかなどは、フェリシアにも分からないのだ。

とはいえここは、先達らしく――

「魔『女』なわけであるし、やはり我輩、女になるわけであるか？　性別が……いやでもその程度のこと、魔法が使えるようになるのに比べれば……」

何か気の利いたことを言おうと思ったが、止《や》めた。

どうも本気で悩んでいる様子のソーマに、溜息を吐き出す。

「性別は変わらないはずですから、ご心配なく。そもそも、かつては男性の魔女というものもいたそうですから」

「なんだ、そうだったのであるか」

なのに何故魔女と呼ぶのかは諸説あるらしいが、考えて意味のあることでもない。

ソーマもそう思ったのだろう。

その話はそこで終え、渡した容器を口元へと近付けていく。

そして。

「では、いただきますなのである」

一気にその中身が、飲み干されたのであった。

端的に結論を言ってしまうのであれば、ソーマが魔女となることはなかった。

魔女になると髪の色が白へと変わるらしいのだが、ソーマのそれは変わらず黒のままだ。

とはいえ半ば予想通りではあったため、特に落胆などをすることはない。

だがソーマとしてはそうだったのだが、どうやらフェリシアにとっては違ったらしい。

失敗したのを理解すると、何故だかソーマ以上にショックを受けた様子で、本のようなものを引っ張り出し、おもむろに読み始めていた。

「あー、フェリシア？　失敗したことに何か責任を感じているのならば不要であるぞ？　半分以上予想通りだったわけであるし」

「……いえ、そういうわけにもいきません。確かに成功率は低いという話でしたが……考えてみれば、それもあの薬があれで正しければの話です。調合を間違っていれば失敗するのは当然であり、わたしの記憶だけを頼りに作っていた以上、その可能性は否定出来ません。ならばあれで合っていたのかを確認するのも当然ですし……申し訳ありません。そもそもソーマさんが試す前に確認するべきでした」

「ふむ……それはまあ、確かにそうなのかもしれんであるが……」

しかし、うろ覚えであることを承知の上で承諾したのは、ソーマなのだ。

ならばたとえそれが間違っていたのだとしても、誰に責任があるのかで言えば、それはソーマ自身のはずである。

まあ確認すべきだったか否かで言えば、勿論確認すべきではあったが――

「――うん？」

「どうかしました？　不思議そうな顔をしていますが」

「いや……ふと思ったのであるが、それを見れば先ほどの薬が正しく作られていたのか……というか、あの薬の正確な調合方法が分かるのであるよな？」

「そうですね、そのはずです」

「はず、とは随分曖昧であるな……読んだことはないのであるか？」

「読んだことがないわけではありませんが……いえ、理解は出来なかったので、同じことではありますか」

「うん？　理解出来なかった？　調合方法が、であるか？」

「厳密に言えば、そもそも読めなかった、と言うべきですね。文字通りの意味で、わたしには理解出来ない言語で書かれていますから」

つまり、こういうことであるらしい。

フェリシアが引っ張り出してきたそれは、魔女の用いる呪術や薬の調合方法、あるいは魔女にとって必要な知識などが書かれた、今までの魔女達から引き継がれてきた知恵の集合体とでも呼ぶべき本である。

分かりやすく魔女の本などと呼んでいるらしいが、誰でも読めるように書かれていては、それを読んだ何者かに悪用されかねない。

そのため、魔女の本は現存しているどの言語にも当てはまらない特殊な言語で書かれている。

それは魔女にのみ解読が可能なものであり――

「……魔女にのみ解読が可能なのに、フェリシアには読めないのであるか？」

「正確には、本と共に魔女にのみ読み方を伝えられる言語、というだけですからね。そしてわたしがそれを教わる前に、は……いえ、先代がなくなってしまったため、わたしはその読み方が分からないんです」

「あー、それは……」

「気遣いは不要です。もう数十年以上前のことですから。当時のことなんて、ろくに覚えてもいませんし」

それはどう考えても強がりにしか聞こえなかったが、敢えて言及するようなことでもないだろう。

むしろ問題なのは、その本が読めていない、ということだ。

「それって、どう考えても困るであるよな？」

「まあ、困るか否かで言えば、正直物凄く困っていますね。わたしはこの本を読んでいるというよりは、解読しようとしている、というような状態なので」

「ふむ……だから完璧だという自信がなかったのに、それで確認しなかった、というわけであるか」

「そういうことですね……申し訳ありません」

別に謝られる謂《いわ》れはなかったが、フェリシアとしては確かに不本意ではあったのだろう。

魔女として本来読めるはずのものが読めず、そのせいで正しいか分からない薬を飲ませてしまったのだ。

……いや、フェリシアのことだから、本人としては自信があったのかもしれないが、失敗してしまったせいでその自信が揺らいでしまった、というところだろうか。

一週間程度とはいえ、共に居ればその程度のことは分かる。

「ちなみに、分からないから今まで放置していた、というわけでは勿論ないのであるよな？」

「そうですね。先ほど解読と言った通り、分からないということを前提に何が書いてあるのかを解析しています」

「……ん？　そこに何が書かれているのかは、具体的に分かっているのであるか？」

「いえ、ほぼ分からないも同然、といったところですね。先の薬を筆頭に、幾つか必須ということで教わっていたものがありますから、それを参考にまずは何処にそれが書かれているのかを調べている、といったところでしょうか」

「……それほぼ解読不可能ではないであるか？」

「まあ、時間だけは無駄にありますから。それでも数十年かけて一つも分かっていないあたり、今のところ本当に無駄にしかしていませんが。おそらくわたしは、馬鹿なのでしょう。何もすることがないからといって、こんなことに時間を費やしてきたのですから」

それは果たして何と言っていいのか、ソーマには言葉が思いつかなかった。

ただ、少なくとも、無駄だと思わなかったのは事実だ。

馬鹿だとも思わない。

むしろ……共感を覚えたと言っていいだろう。

そこに実物があるとはいえ、届かぬものに手を伸ばしている姿は、とても覚えのあるものであった。

それを無駄だと思っていても、馬鹿だと思っていても。

それでもと、諦めない姿は。

そんなことを思ったからだろうか。

「ふむ……その本、試しに見せてもらってもいいであるか？」

まあさすがに無理だろうと思いつつも、そう問いかけていたのは。

だが。

「はい、いいですよ」

「……いいのであるか？」

「まあ、失敗したとはいえ、ソーマさんはあの薬を飲んだわけですから。半分ぐらいは魔女だと言ってしまっても問題ないでしょう」

「ふむ……」

正直それは意外な返答ではあったが、見せてくれるというのならばそれを断るというのもおかしな話だ。

それに単純に、興味もあった。

歴代の魔女によって蓄積された叡智《えいち》。

そこにあるいは、と思ってしまうのは、仕方のないことだろう。

もっとも、前提として読めなければ話にもならないわけだが。

「それでは、どうぞ」

「うむ……では、読ませてもらうのである」

そうして渡されたそれを、ソーマは何となく表紙から眺めた。

当然のようにその良し悪《あ》しなどは分からないが、重厚な作りである、ぐらいのことは分かる。

それは何処となく記憶を刺激されるというか、何処かで見たことのあるような感じではあるのだが……まあ、気のせいだろう。

魔女に伝わっているような本を、見たことがあるわけがない。

と、裏返したところでそれに気付いたのだが、どうやら今見ていたのは裏面だったようだ。

何故ならば、そこにはこの本の名だと思《おぼ》しきものが刻まれていたからである。

なるほどこれが件《くだん》の独特な言語によって書かれたものであるかと思うも、当然のようにそれは読めな……読め――

「…………『魔女の本』？」

「そうですね……いつ頃からそれがそう呼ばれているのかは分かりませんが、そう呼ばれていたということは、その文字はそう読む可能性が高いと思います。同じものがその中には幾度か出てきますし。もっとも、それが分かったところで、やはりまったく解読は出来ないわけですが……」

「ああ、うむ……ふむ……」

――『魔女の本』。

そこには確かに、そう書かれていた。

そう……つまりは、ソーマはその文字を読むことが出来たのであった。

読めてしまった。

そのことに妙な罪悪感を覚えながら……しかし、同時に気になることも発生する。

ソーマが読めるという時点で明らかなのだが、これはどう見ても――

「……フェリシア、一つ聞きたいことがあるのであるが」

「はい、何でしょう？」

「古代神聖文字というものを、知っているであるか？」

「そういったものが存在している、ということは知っていますが、見たことはないですね。ああそういえば、あれも大部分は解読することの出来ていない文字なんでしたっけか。もしかしたら何か共通点とかがあるのかもしれませんね……まあ、ないとは思いますが」

そう言ってフェリシアは苦笑を浮かべていたが、共通点があるどころの話ではない。

それはどこからどう見ても、その古代神聖文字にしか見えなかったからだ。

だがここに書かれている文字は、無用な漏洩《ろうえい》を防ぐために魔女以外には分からないものであったはずである。

厳密には魔女以外には伝えられないもののようだが――

「……いや、もしかして、そういうことなのであるか？」

「ソーマさん……？」

不思議そうに首を傾げるフェリシアに応えることはなく、ふむと頷く。

考え付いたことが正しければ、色々と納得がいくものであった。

以前から、ソーマには気になっていたことがあるのだ。

それは、何故古代神聖文字を読めるものがほとんどいなくなってしまったのか、ということである。

文明が途絶したわけでもあるまいに、極一部とはいえ使われているものが読めなくなるというのはちょっと意味が分からなかったのだ。

しかしそれも、元から暗号のようなものとして、一部の者にしか伝えられないようにしていたとすれば納得がいく。

ほぼ読めなくなってしまっているのは、フェリシアのように、伝えるはずだったものが何らかの事情で伝えられなかったとすれば、現状の説明も可能だ。

さらに言えば、魔女はその性質上、どうしたって他の者達とは距離を置くようになる。

元々一部でしか使われていない古代神聖文字を見る機会など、皆無だろう。

それは逆も言える。

古代神聖文字を見たことのある者、読める者が、魔女の書を手にするようなこともほぼないだろう。

それならば、同一の言語を使っていたところで、互いにそうとは気付かないし……あるいは、気付かれても構わないのかもしれない。

読めるものは、その意図に気付くだろうからだ。

もっとも、現状のことを考えると、既にそこら辺に関しては破綻してしまっている気もするが……とりあえずそこら辺のことは、どうでもいいだろう。

今考えなければならないことは、ただ一つだけだ。

即ち――ソーマがこれを読めるということを、伝えるか否か、ということである。

伝えれば、フェリシアはこの中身を知ることが出来る。

だがそれは同時に、今までフェリシアのしてきたことを――

「ふむ……エリクシールの作り方？　これはまた最初からそれっぽいものが書かれているであるな……」

「……え？　ソーマさん、何を……」

「かと思えば、次のページには魔女の扱う呪術に関しての考察、であるか。特に書かれている順番には統一性はなく、本当に分かったことを次々と書いていった、という感じであるな。明らかに筆跡の違うものが交ざっているであるし、確かに歴代の魔女が書き足していったというのも事実のようであるな……ふむ。予想通りと言うべきか、かなり興味深いものであるな……」

「あの……え？　…………もしかして……読めるん、ですか？　その本の、内容を……？」

魔導書に書かれていたものとは異なり、ここに書かれていることは間違いなく価値のあるものだ。

ならばこれを埋もれさせてしまうのは、罪とすら呼ぶべきであり……フェリシアもきっと、同じように思うだろう。

そう信じるからこそ、震えるフェリシアの目を見つめると、ソーマはその言葉に、はっきりとした頷きを返すのであった。

## 12

この森において、ソーマ達の朝は早い。

ただ、これは単純に、夜やることがないからだ。

この場所にも夜というものはあったのだが、それはある時を境に唐突に切り替わるというものであった。

まるで照明を落としたかのごとく、陽は消え去り、その代わりのごとく星々が瞬く。

ただ、月は出ないらしく大分薄暗くなり、やることがなくなるのは、それが理由でもあった。

明かりは一応存在しているのだが、そこまでしてやることもない。

そしてそうなれば必然的に夜早くに寝ることになり、これまた必然的に朝早くに目が覚める。

それだけのことであり……だがどうやらそれも、過去のことになりそうであった。

「あ、おはようございます、ソーマさん」

起き出し、リビングとして使われている部屋へと向かうと同時、ばったりフェリシアと行き合った。

フェリシアの朝がソーマよりも少しだけ早いというのは、筋肉痛で苦しんでいた頃から分かっていたことだ。

起き抜けにここでこうして会うのも、挨拶をされるのも珍しいことではない。

だがその頃と現在とでは、明確に異なるところがあった。

フェリシアの様子が若干眠そうだというのは同じなのだが……どう見ても現在のそれは、寝ていないがゆえのものだったからである。

「我輩は確かにおはようであっているのであるが……フェリシアは違うであろう？　また徹夜であるか？」

「仕方ありません。試したいこと、試すべきことは、幾らでもあるんですから」

フェリシアがこんなことになってしまっている理由は、改めて言うまでもないだろうが、あの魔女の書をソーマが解読……と言ってしまっていいのかは分からないが、ともかくその内容を明らかにしてしまったからだ。

そこには膨大な数の知識が眠っており、フェリシアはそれを自分のものにしようと頑張っているのである。

その結果フェリシアが落ち込んだりしなかったのはいいことだと言っていいのだろうが……さて。

「ま、分かっているとは思うであるが、あまり無理はしないようにするのであるぞ？」

ただ少なくとも、ソーマはそれを止めるつもりはなかった。

その気持ちは、よく理解出来るからだ。

求めていたものがあって、そこに届くための知識が得られたのであれば、それを実践しないことこそ馬鹿というものだろう。

「分かっています。今日もこれから寝ようとしていたところですから」

「ふむ……完全に昼夜逆転してしまっているであるなぁ」

「まあ色々な意味で、これが最適ですからね」

実際のところ、その言葉は事実だ。

フェリシアが現在最も注力しているものは薬の調合だが、その大半はどうやら夜から朝方にかけて行うことでその効力が最大限に発揮されるらしいのである。

そのため、調合が終わる時間はどうしたってこのぐらいの時間になり……あとは――

「それでは、申し訳ありませんが、今日もよろしくお願いします。必要なものはここに書いておきましたから」

「うむ、了解なのである。他にもそれっぽいのがあったら取ってきていいのであるよな？」

「そうですね、お願いします」

そう言ってソーマへと羊皮紙のようなものを渡すと、フェリシアは頭を下げ、早々に自分の部屋へと戻っていった。

多少ふらついていたし、やることが終わったことで一気に眠気が来たのだろう。

その姿を見送ると、ソーマは渡されたものへと視線を落とし、ふむと頷く。

そこに書かれていたのは、調合に必要と思われる素材の名だ。

「さて、見つけられるかは分からんであるが、まあ最大限頑張ってみるであるか」

しかしその前にまずは朝食だと、ソーマはリビングへと向かった。

魔女の書に書かれていたことの全てを読むことが出来たソーマだが、その全てが理解出来たというわけではない。

敢えてなのか何なのか、解説されていない用語などがあったりしたし、何よりも問題だったのは、薬の調合に関してだ。

調合の方法は勿論のこと、薬の名や効能、注意すべきことなどは書かれていたのだが、それに必要な素材の具体的な特徴などは、書かれていないことも多かったのである。

一部は書かれていたものもあったし、フェリシアが知っているものもあった。

中にはソーマが知っているものも。

だがその大半はやはり、具体的にどんなものなのかが分からなかったのである。

フェリシアが知っているものは先代の魔女から教わったものらしいので、本来そこは口伝で伝えていくものだったのだろう。

おそらくは万が一、魔女の書が魔女以外の者に読まれてしまった場合のために、である。

そのせいでフェリシアが苦労することとなってしまっているわけだが……まあ、それは言っても仕方のないことだ。

ともあれ、だからフェリシアが現在やっていることは、調合そのものというよりは、それに使う素材の見極めということになる。

当然と言うべきか、物凄く地味且つ大変なことだ。

何せ実際に調合してみないと、正しいのか間違っているのかはまるで分からないのである。

危険でもあるし……しかし非常にやりがいはありそうだ。

疲れている顔をよく見るようにはなったものの、同時にその顔は以前よりも遥かに生き生きとしたものであった。

そしてそんな中でソーマは、素材集めを行っている。

厳密には、名前やそれらを調合することで出来上がる薬の特徴などから、それと思わしき素材を推測し、当てはまりそうなものを探し、集めるといったことだ。

あるいは何となく何かに使えそうな素材っぽいものを見つけたら回収するという、何にせよこちらもまた非常に行き当たりばったり感溢《あふ》れるものではあるのだが、ソーマ個人としてはそれなりにこれを楽しんでもいる。

連想ゲームのようなものであったし、上手く見つけることが出来ればフェリシアへの恩返しになるのだ。

いい暇つぶしにもなったし、色々な意味でちょうどよかった。

ちなみに、フェリシアの言っていた色々は、ここにもかかっている。

フェリシアが寝ている間に、ソーマが素材と思しきものを見つけるから、ということだ。

「まあそうそう都合よく見つかるものでもないのであるがな」

そんなことを呟きながら、足元にあった花のようなものを摘み取る。

見知らぬものではあるが、だからこそだ。

初見だということは、それだけでどれかの素材に該当する可能性がある、ということなのである。

それは何も無根拠に言っているわけではない。

そもそもここは、魔女の森だ。

外界と隔離されている以上、何処か別の場所から花の種が飛んでくる、などということは有り得ない。

そしてフェリシアの話によれば、少なくとも五代ほどはここに魔女が住んでいたらしいのだ。

ならばここに存在しているもののほとんどは、実際何らかの素材として用いられるものである可能性が高い。

試してみる価値は、十分にあるだろう。

勿論、そんなことをしなくても済むように、見知ったものがあれば言うことはないのだが――

「我輩が見て分かるものなど、有名どころのものだけであるし、さすがにそんなものはそう簡単に――」

と、それを見つけたのは、その時のことであった。

一瞬自身の目を疑うも、間違いない。

それは――

「というわけで、こんなものも見つかったのである」

「え、これって……マンドラゴラ、ですよね？」

そう、ソーマが見つけたのは、あの有名なマンドラゴラだったのである。

当然のように魔女の書にはそれを使った薬なども載っており、しかもその効能は高いようだ。

間違いなく今までで最大の成果に、ソーマはそれを得意げに差し出す。

「……わたしも見るのは初めてですが、まさか同じようなものがあるとは思えませんし。よくこんなものが見つかり…………うん？　いえ、ちょっと待ってください。……見つかったのはいいんですが、これ、どうやって取ったんですか？」

「どうやってって、普通にであるが？」

「……マンドラゴラの性質は、わたしも当然知っています。引き抜く際の声を聞いたら死に至る、ということも。まさか、とは思いますが……それに耐えた、ということではないですよね……？」

「いや、さすがにそれは無理であろう」

実際どうなのかは分からないが、多分何の対策もしていなければ、ソーマも死ぬだろう。

両手が空いていれば何とか出来る気もしなくはないが、それならば別の何かで耳を塞いだ方が確実だ。

そして当然のように、突発的に見つかったそれへの対策などしているわけがない。

「では、どうやって取ったのですか？」

「うん？　いや、別に難しいことではないであるぞ？　引き抜く時が問題ならば、そもそも引き抜かなければいいだけの話である」

具体的には、地面の方を吹っ飛ばしたのだ。

念のために持っていった剣ではやりすぎてしまう恐れがあったため、そこら辺に落ちていた木の棒で。

「……………ちょっと待ってください」

「幾らでも待つであるが、そんな悩むような要素が今の話のどっかにあったであるか？」

「そうですね、発想の時点でおかしいですし、そもそも木の棒をどう使ったところで地面は吹き飛ばないと思うのですが……」

「割と簡単に吹っ飛ぶであるぞ？」

「普通は吹き飛びません」

「そうであるか……？」

むしろ吹き飛びすぎて、三回も失敗してしまったのだが。

「ですから普通は……待ってください、三回とはどういうことですか？」

「そのままの意味であるが？　ああそういえば、その件について謝っていなかったであるな。いや、実は合計で四つ見つけていたのであるが、残りの三つは色々と失敗して地面ごと吹き飛ばしてしまったのである。貴重な素材を無駄にしてしまってすまなかったのである」

「いえ……その、それは……はぁ」

そうしてその失敗に関して謝るも、溜息を吐《つ》かれてしまったのは、まあ仕方のないことだろう。

何せマンドラゴラとは、本当に貴重な品のはずなのだ。

それを三つも無駄にしてしまったとなれば、それは呆れて当然である。

「そういうことではないのですが……どうやら、わたしもまだまだだった、ということですね。言動から何となく予想はしていましたが……まさかここまでとは……。まあ最後にそれを知れてよかった、というところでしょうか。あるいは知らなかった方がよかったのかもしれませんが」

「……うん？　最後とは、どういうことである？」

不穏……というわけではなかった。

それはとても自然な口調だったのだ。

まるで当たり前のことを言っているような、そんなものであり――

「はい？　何を言っているんですか？　ソーマさんは明日、ここを出て行くんですよね？　ですから最後ということで、何もおかしくはないと思うのですが」

やはり当然のように、フェリシアはそんな言葉を口にしたのであった。

# ⑬

魔女の森が存在しているこの世界は、非常に限定的で閉ざされた世界だ。

外界とは空間的に隔絶された、封印世界。

外の世界に放っておくには危険だが、殺しきれない、あるいは殺すには惜しい存在を隔離封印し、管理するための場所。

それが、ここの元々の意味であった。

もっとも、実際にそうであったのはもうかなり昔のことだと聞く。

それこそ、その名も存在も忘れ去られ、今では魔女の森などと呼ばれているぐらいには。

しかし何にせよ、ここが閉じられた場所であることだけは確かだ。

そしてだからこそ、何もせずにそこに放っておけば、普通の者は数日ともたずに死んでしまうだろう。

その理由は単純に、食糧を自給することが出来ないからである。

もしかしたら食べられる野草やキノコなどがあるかもしれないが、毒を持つものが多数存在している以上、それを食すのは自殺と大差ない。

動物が存在しているにはいるので、それから肉を取ることは可能だが……その動物とは、魔物と呼ばれる存在だ。

肉を取る前に、自分が餌となるのがオチだろう。

だからこそ、そこには月に一度、食料が運ばれてくるのだ。

餓死させるのであれば最初から殺していたはずなので、当然のことでもあるが。

ともあれ。

その受け渡し場所は、ログハウスから十分ほど歩いた先にあった。

魔物除けの結界は、ログハウスを中心にして張られているが、ちょうどその結界が途切れる場所である。

つまりはそこから一歩でも外に踏み出せば、魔物に襲われる危険があるということだが、その境ギリギリの場所に立っているフェリシアに、緊張や不安の色などはない。

だがそれも当然だ。

慣れているというのもあるが……何より、そもそもその先には魔物どころか、文字通りの意味で何もないのだから。

視線の先には、ただの漆黒だけが広がっている。

つまりそこは結界の端であると同時に、世界の端でもある場所なのであった。

そこに広がっている漆黒は、見ていると不安になるようなものだが、これもまたとうに慣れたものである。

その場でジッと、フェリシアはそれを眺め……不意に、その視線の先で、何もないはずの空間に変化が生じた。

ほんの僅かではあるが、空間が波打ったのだ。

さらにその変化は続き、しかもより顕著なものとなる。

明確に空間が歪み――それが起こったのは、次の瞬間だ。

何もなかったはずのそこに、気が付けば自身の居る場所と同じような森が出現していたのである。

そして同時にそこには、一つの人影が存在していた。

それが何者なのかが分からない者は、おそらくこの世界には居ないだろう。

金色の髪に、金色の瞳。

数多ある色の中で、それを纏うことを許された種族は、ただの一つだけだ。

エルフであった。

「相変わらず時間に正確ですね」

「ふんっ、当然だ。これでも色々と忙しいのでな。これが遅れたりすればその分だけ他に影響する。

というわけで、さっさと終わらせるぞ。これが今回の分だ」

そう言ってエルフの男――ヨーゼフが放り投げてきたのは、一つの袋であった。

それほど大きいものではなく、フェリシアでも余裕で持てる程度のものだ。

抱える必要すらないだろう。

それを初めて見る者が居れば、何だコレはと思うかもしれない。

実際フェリシアも、最初の時はそう思ったものだ。

一月分の食料だと聞いたのに、これの何処にそんな量が入るのだ、と。

勿論今ではそんなことを思うことはないが。

「分かりました。いつもありがとうございます」

「……礼は不要だと、いつも言っているはずだ。これは契約で、代価を払っているだけでしかないのだからな」

「それでも、です。わたしがこうして生きていられるのはあなたのおかげであることに、変わりはないのですから」

「……ふんっ。まあ、好きにすればいいがな。オレの知ったことじゃあない。それよりも、そっちのを早く寄越《よこ》せ」

「はい、こちらになります」

そうしてフェリシアが差し出したのは、今放り投げられたのと同じような袋……否、事実同じものであった。

そこには魔女の作り出した薬が幾つも入っている。

これが契約であり、代価だからだ。

食料を渡す代わりに、魔女の薬を差し出す。

そんな契約を、フェリシア達は結んでいるのだ。

もっとも、契約と言ったところで、ただの口約束と大差ない。

契約書は作成したものの、スキルを用いたわけではないので、そこには何の拘束力も、強制力もないからだ。

それでも、未だにフェリシア達は律儀にそれを守っていた。

少なくとも、フェリシアにとってそれは意味のあるものだったのだ。

今となっては、それが残された彼らとのたった一つの繋がりだったし、何よりも、それがあるからこそ、フェリシアはこうしてきちんと食料をもらえている。

魔女の書を読めず、魔女の出来損ないとでも呼ぶべきフェリシアでも、生きるのを許してもらえているのだ。

実際先代が亡くなった直後は、それを理由にして食料を減らされたことがある。

一月分と言いつつ、その半分程度しかなかったのだ。

ギリギリ餓死はしなくとも、本当にただそれだけだった。

しかしヨーゼフとこの契約を交わしたことで、それが一気にマシになったのである。

一月分と言いつつ、今度はその倍ほどが渡されるぐらいに。

ソーマが居ても何とかなっていたのも、そのおかげなのだ。

それは多分、ヨーゼフがその袋を使って食料を渡すようになったのとも、無関係ではないのだろう。

フェリシアが渡したそれもそうだが、それらは魔導具であり、内部の空間が拡張されているのだ。

二月分《ふたつき》の食料を詰め込んでも余るほどにそこは広く、同時にそれは外からでは分からない、ということである。

尚、フェリシアが渡している薬は、歴代の魔女が作り溜めをしていたものだ。

それを少しずつ切り崩すことで、何とか代価を支払っていたのである。

そろそろその残りも心許《こころもと》なくなってきていたが……ソーマのおかげで何とかなりそうであった。

それどころか、きちんとあの本の中身を理解出来るようになれば、正式に魔女として動けるようになるかもしれない。

本来の魔女は、呪術を代価として、生かされるのだ。

フェリシアも一応呪術は使えるものの、魔女の書を読めなかったために的確な補助を働かせることが出来ず、その効果が不足していたのである。

その代わりとして、薬を差し出していたのであり……だが、これで。

もっともそれは、残されたたった一つの繋がりを断ち切ることにもなってしまうが……それこそが、普通なのだ。

それが可能なのに、これ以上甘えているわけにはいかない。

と、そんなことを考えている間に、袋の中身を確認していたヨーゼフが顔を上げた。

「確かに、確認した。それでは――」

「あ、すみません、一つだけ確認したいことがあるんですが、よろしいですか？」

「……何だ？　手短にしろ。さっきも言ったが、忙しい身なんでな」

「分かっています。その……これはただの好奇心で聞くんですが、この空間に無関係な人が迷い込んでしまった場合、その人はどうなるんでしょうか？」

「……何だそれは？　意味が分からんのだが？」

「ですから、ただの好奇心です。ふと、そういえばそんなことがあったらどうなるのだろうかと思ってしまいまして」

「ふんっ……なるほど、時間が有り余っているから、そんな余計なことも考えるというわけか。まったく、うらやましいものだな……」

そんなことを言いつつも、ヨーゼフは腕を組むとその眉根を寄せた。

どうやら一応真剣に考えてくれるらしい。

……それは勿論ソーマのことではあったが、そんなことをわざわざ聞いたのには意味がある。

というのも――

「そうだな……まあ間違いなく拘束することになるだろうな。状況次第では、その場で斬首する可能性もある」

「斬首っ……!? えっ……そ、そこまでするようなことなんですか？」

「そこまでのことだ。ある程度自分の立場というものを理解しているものとばかり思っていたが……ふんっ、その様子ではまだ理解が足りていなかったようだな。お前がここに居るということを知られるのは、絶対に避けねばならんのだ。一般人でも勿論まずいが、相手がある程度の立場の者であった場合は、まず間違いなくそうするだろうな」

「そ、そうですか……」

ソーマの言った通りであったことに、フェリシアは内心冷や汗をかいていた。

そう、そんなことを聞いたのは、ソーマにそんな風に指摘されたからなのだ。

てっきり今日、ソーマはここであっちの世界に戻ると思っていたので、それは完全に予想外のことであった。

だがその懸念が正しかったのだと分かり……同時に、どうしたものかとも思う。

これでは、ソーマが元の世界に戻ることが出来ないからだ。

まあ、魔女の書はまだ全然理解出来ていないので、それを読むことの出来るソーマが居てくれるのは正直助かるのだが――

「……そうだ、これは我らエルフ全体に関わってくることだ。だから……」

「……あ、あの？」

いつの間にか俯き、何事かを呟いているヨーゼフのその様子は、どことなく鬼気迫るものがあった。

そこにほんの少しだけ恐怖を覚え、背筋が震える。

しかし顔を上げた瞬間、その気配は霧散し、そこにはいつも通りのヨーゼフが居た。

「ともあれ、そういうことだ。疑問は解けたか？」

「は、はい……ありがとうございます」

「ふんっ、まあ、何にせよそんなことは起こり得んがな。どんな手段を用いようとも、世界が閉じているここに侵入することなど不可能なのだから」

「……そうですか」

じゃあソーマは、と思うが、その疑問と共に、昨日のことを思い出す。

……ソーマならば有り得てもおかしくはないのかもしれないと、そんなことをちょっと思った。

「それで、他には何もないな？　オレは行くぞ」

「あ……はい」

ふとその時、ソーマが果実以外のものも食べたそうであった、ということを思い出したが、今更他のものも欲しいと言い出すのはおかしいだろう。

ほんの少しだけ、フェリシアももう一度料理をしてみてもいいかも、と思い始めてはいたが……黙ってその言葉は飲み込む。

「それでは、また来月に」

「……ふんっ。……そうだな。ああ、また来月、だ」

そこでフェリシアが驚いたのは、ヨーゼフがそんな風に返してきたことは今までなかったからだ。

今まではただ、何も言わず立ち去るのみであり……だがこちらに向けられた背を眺めているうちに、空間が揺らぎ始める。

それは一瞬で激しく波打ち……やがて呆気《あっけ》ないほど簡単に、全ては消失した。

残ったのはただの、漆黒の空間であり――

「ふむ……中々に色々と興味深かったであるな」

「――っ⁉」

その瞬間聞こえた声に、思い切り肩が震えた。

反射的に振り返ると、すぐ後ろに当たり前のような顔をして立っているソーマの姿があった。

「えっ……ソ、ソーマさん……？　何故ここに……？」

「いや、つい好奇心が抑えきれず、こっそりと眺めていたのである」

「み、見つかったらどうするつもりだったんですか……!?」

「その時はその時であるし、まあ見つからない自信もあったであるしな。実際見つからなかったわけであるし」

「それはただの結果論で……はぁ」

そこまで言ったところで、何か色々と馬鹿らしくなって、言葉の代わりに溜息を吐き出した。

確かに結果論でしかないものの、ソーマが言うと妙に説得力があったのも、理由の一つではあるが。

「ということは、わたし達の話も聞こえていた、ということですか？」

「うむ、最初からばっちり聞いていたのである」

「褒められたことではないので、そこで胸を張るのは間違っていると思いますが……まあいいです。つまり報告する必要はない、ということですね？」

「そういうことであるな。そして我輩の懸念が的中していた、ということでもある」

「そうですね……それに関しては、その……考えが足りず、申し訳ありませんでした」

「いや、気にする必要はないのである。ぶっちゃけ半分ぐらい実はでまかせだったであるしな。本当にその通りで我輩もちょっと驚いてたりするのである」

「……はい？」

でまかせとは、どういう意味だろうか？

昨日は自信満々に語っていたはずだが。

「魔女の書やら何やら、色々とまだ興味深いであるからな。まだ我輩はここから出て行くつもりがなかったのである。そのための建前を即興ででっち上げてみた、というところであるな。多分出ようと思えば押し通ることも出来たと思うであるしな」

「…………あなたは」

一気に力が抜けて、思い切り溜息を吐き出した。

ついでに睨みつけてもみるが、眼前の姿にはまるで効いた様子がない。

「ま、とりあえず改めて、まだしばらくはよろしく頼む、ということである」

「……はぁ。まあ、そうですね。助けられているのは事実ですし……しばらくは、またよろしくお願いします」

うむと大仰に頷く姿を睨んでみるも、やはりそれに意味はなく……何となく、苦笑が浮かぶ。

ほんの二週間前までは想像することも出来なかったが、どうやらしばらくはまたこうした日常が続いてしまうらしい。

そのことに、小さく息を吐き出し……ふと、後ろを振り向いた。

去り際のあの人の姿が、やはり気になったからだ。

「どうかしたであるか？」

「……いえ、何でもありません。それでは、帰りましょう」

「そうであるな。ああ、それ我輩が持つであるぞ？」

「そうですか？　別に重くもないのですが……それでは、折角ですから、よろしくお願いします」

それでも、既に気にしてもどうしようもないことである。

だから、脳裏からあの人の――血を分けた兄の姿を追い出すと、ソーマと二人、自分達の家へと向かい、歩き出すのであった。

## 14

一際強い風が吹きつけ、金色の髪が僅かに舞い上がった。

何となくその後を視線で追い、ほんの少しだけ口元を緩める。

しばらくはこれも見納めかと思うと、ちょっとだけ最後に得をしたような気分になったのだ。

そんなことを考えながら、フードを被《かぶ》り、顔を完全に隠す。

もっとも、内側からは普通に見えるので、少しだけ違和感を覚えるが。

そこでもう一度口元を緩めたのは、少し前まではこれが当たり前だったからだ。

あの砦《とりで》での生活の時ですら、何だかんだで被ったままだったのに、気が付けば被らないことが当たり前になっている。

そのことが、何だかおかしかった。

ふと、もしものことを考えてみる。

あまり仮定の話は好きではないのだけれど……もしも、彼に出会わなかったら。

もしも、あの時、別の選択をしていたら。

自分は今頃、何処で何をしていたのだろうか。

「……とりあえず、ここに来てなかったのは、確実？」

後ろを振り返れば、もう見慣れたと言っていいだろう建物が目に入る。

見送りは断ったし、長期休暇に入ったから、珍しいと言っていいほどそこには誰の姿もない。

だが目を閉じるまでもなく、そこにあった光景は容易に思い出すことが出来る。

少なくともそれは、ここに来なければ得られなかったものであり……しかしそこには今、決定的なものが欠けていた。

前に向き直り、空を見上げる。

別にそのために帰るわけではないけれど、それが理由の何割かを占めているのも事実だ。

エルフは魔法を得意とする種族であり、故郷の森ではその力が何倍にも高まる。

ならば、もしかしたら行方を調べることも出来るかもしれない。

ぬか喜びになってしまったら悪いから言わなかったが、実はそんなことも考えていたのだ。

長期休暇の期間は、約二月。

急げば、往復しても余裕があるだろうし、一つや二つ程度ならついでに用事をこなすことも出来るはずだ。

行方が分かれば、その先に確認に行くとか、である。

問題があるとすれば、彼が行方不明となってから既にある程度の時間が経ってしまっていることか。

死んでいるなどとは微塵も思わないが、仮に居場所が分かっても移動されてしまっていたら意味がないし、場所が遠い場合はそもそも確認に行くことすら出来ないかもしれない。

とはいえ、そこら辺は臨機応変にいけばいいかと、そう思い――

「……ん」

一つ頷くと、シーラは学院の外へと、足を一歩踏み出す。

と。

――そういえば。

故郷のことを想い、ふと頭を過る。

兄や姉は、元気だろうか。

そんな風に、会うことが出来れば数年ぶりとなる家族の顔を思い浮かべながら、シーラはそのまま故郷へと向けて、歩いていくのであった。

†

魔女の書に記されていた薬の原料となるものは、実は二通りに分けられる。

植物由来のものと、動物由来のものだ。

植物由来とは植物を元にしたものであり、草木に花、あるいは時にキノコだったりもするが、そういったものから抽出されるものや、それ自体を素材として扱うものである。

動物由来も基本は同じであり、つまりは動物から得られるもの、肉や爪や牙、血などだ。

ただし魔女の森に生息している動物というのは、イコール魔物のことである。

即ち動物由来とは、魔物から取れる素材のことなのであった。

とはいえ今までそれをフェリシアから頼まれたことはない。

植物とは異なり、基本的に魔物の名前と部位が合わさった名で記されていることが多く、分かりやすいのにもかかわらずだ。

その理由を聞いたことはなかったが……まあそれは多分、自身を基準としているからなのだろう。

というのも、基本魔女に戦闘能力はないからだ。

スキルが使えないことや、呪術は攻撃に用いるものではないこと。

それらのことから考えれば、当然のことではある。

そのため、魔女はその部分を補佐する使い魔を作るのが普通であり、その作り方は魔女の書にも記されていた。

しかしフェリシアは今のところ使い魔を作るつもりはないらしく、素材集めは植物由来のものが中心だ。

だが。

「ふーむ……どこかに龍の生き血が落ちていたりはせんであるかなぁ……」

「……ソーマさん？　どうしました、ついに頭がおかしくなりましたか？」

「うーむ、辛辣というか随分遠慮がなくなってきたであるなぁ……まあ個人的にはその方が好ましいのであるが」

「戯言《たわごと》はいいですから、それよりも本当に唐突にどうしたのですか？」

「どうしたというか、まあ今言った通り、龍の生き血が欲しくなったわけであるが……」

勿論と言うべきか、それが飲みたくなったとか、そういうわけではない。

それを原料とする薬の方に、興味があるのだ。

手元の魔女の書へと視線を落とし、そこに記されている、魔の力へと傾注しやすくなる、という一文に目を細める。

具体的にそれがどういう効果をもたらすのかは分からない。

しかし、魔の力と聞いて思いつくものの一つに、魔法があった。

なればこそ、もしかしたらそれを飲むことで何かが起こらないだろうかと思ったのである。

とはいえ、これは完全にソーマ個人の都合によるものだ。

仮にこの素材を手に入れることが出来たところで、作ってくれと頼むわけには――

「……そういえば、これって魔女が調合しないと駄目なのであるか？」

「いえ、おそらくはそんなことはないと思いますよ？　わたしは特に何かをしているわけでもなく、ただ混ぜているだけですから。と言いますか、誰でも調合出来るからこそ、悪用出来ないようにそれに書かれているんだとも思いますし」

「ふむ……確かに考えてみればその可能性が高いであるな」

「あ、ただ、最後の仕上げだけはわたし達がしなければならないかもしれません。そうしなければ高品質にならない、ということを聞いた覚えがあるのを、今ふと思い出しました。今まで気にしたことはありませんでしたが」

「なるほど。それならつまり、我輩が手前まで作ってから仕上げを頼めば問題ないわけであるか……」

「そうなりますが……何か優先して作って欲しいものがあるのでしたら、わたしが作りますよ？」

「む？　いいのであるか？」

「具体的な効果が書かれている方が珍しいですからね。最終的には全て試してみるつもりですから、多少順番が前後したところで問題はありません。とはいえそれも、龍の血などというものを手に入れることが出来たら、の話ですが」

「ふむ……」

素材の中でも貴重はものは幾つかここに保管されているらしいが、そこにもさすがに龍の血は存在していない。

というか、仮にあったとしても既に使えなくなっているだろう。

龍の血は新鮮でなければ意味がないらしいからだ。

魔女の書の中では珍しいことに、一素材でしかない龍の血に関しては、しっかりと言及がされている。

それによれば、龍の血はまずその神秘性が重要だとのことなのだ。

だから特別な処理をしない限り、抜き取ってしまったそれからは少しずつ神秘性が薄れていってしまうし、殺した後から取ったものなどは論外である。

何とかして龍から盗み取るか、あるいは龍自身から譲り受けるしかないため、入手難度は最高位とされていた。

「ちなみに、ここには龍も住んでいるのであるよな？」

「そうですね……先代は一通り全てを作ったことがある、という話を聞いたことがありますので、居るはずです」

「ふむ……龍の生き血を手に入れられたとは、先代はそんなに強かったのであるか？」

「それは分かりません。わたしは先代とは数年しか一緒に居られませんでしたから。一応一度だけ結界の外に出たことはあるのですが、何故か魔物は近寄ってきませんでしたし。使い魔は一見普通の猫にしか見えませんでしたが、魔女の使い魔は外見からは測れないものですし、あるいは使い魔の能力自体が魔物を近寄らせない、というものだったのかもしれません」

そんな話を交わしながら、魔女の書を適当にめくってみるが、龍の血の他にも色々と入手に苦労しそうなものは多いようであった。

これらをどうやって手に入れていたのか、ということも確かに興味深くはあるが――

「ふむ……一度自分で確認した方が早そうであるな」

まだ身体は本調子というわけではないが、リハビリにはちょうどいいかもしれない。

……それに、何があるか分かったものではないのだ。

この間の去り際、ヨーゼフという名らしい男が、フェリシアに一瞬だけ向けた瞳を思い出す。

あれは、どことなく覚えのあるものであった。

そこに浮かんでいたのは、おそらく強い責任感と、罪悪感だ。

「……まったく、どこもかしこも大変そうであるな」

「はい？　何か言いましたか？」

「いや、何でもないのである。……さて、それでは、そろそろ今日も素材集めに行ってくるであるかな」

「あ、はい、よろしくお願いします」

魔女の書を閉じると、フェリシアへと渡し、立ち上がる。

とうに昼は回っているが、まだ素材集めに出かけていなかったのは、そろそろ結界内部にある素材と思われるものは探し終えてしまったからだ。

となれば、次は結界の外に出ることになるが、そうなれば間違いなく魔物とも遭遇する。

ならそっちの素材に関してもちゃんと調べておいた方がいいだろうということで、ソーマは改めて魔女の書を読んでいたのだ。

まあ、フェリシアはまだ結界内部のものに関しても分かっていないものが多いのだから、敢えて危険な場所に行く必要はない、などと言ってきたのだが、そもそもそこへ行こうとしているのは八割方ソーマの都合である。

単純に興味があるのと、リハビリのため。

あとは、魔物の素材によって作られる薬に、それなりに興味深いものがあるからだ。

色々な意味で不明なことは多いものの、まずは試さなければ何も分からない。

そういうわけで、心配そうな視線を背中に感じつつも、ソーマは未知の場所へと向かうため、その場を後にするのであった。

# 15

当たり前の話ではあるが、結界の外の光景に、パッと見、それまでとの違いは見受けられなかった。

全てを含めての相違点をあげるならば、今までとは違って魔物の気配を感じるというものがあるが……本当にそれぐらいだろうか。

周囲を一通り眺め、魔物の気配に関してもかなり遠くにあるのを確認すると、ソーマはそのまま気楽に歩き出した。

これは聞いた話でしかないのだが、この世界は正方形の形に作られているらしい。

切り取られた、と言うべきなのかもしれないが……まあ、そこら辺はどうでもいいだろう。

そのうちの南端にフェリシアのログハウスが存在しており、結界は円形に展開されている。

結界は半径一キロといったところであり、世界そのものの大きさは不明。

ただ、その倍程度で済まないのだけは、確かなはずだ。

そして何にせよ、その全ては木々で覆われている。

あのログハウスのある場所のように、幾つかは開けているような場所もあるが、逆に木々が密集しすぎてろくに光が差し込まないような場所も存在していたりと、環境で考えるならば多彩だ。

だからこそ、様々な植物が生えているのであり――

「……光で思い出したであるが、あれは結局どうなっているのであろうなぁ」

呟きながら視線を上に向ければ、当然のようにそこには空があり、太陽が浮かんでいる。

その位置は中天から変わることはなく、フェリシアに聞いたところ動いたのは見たことがないそうだ。

ただ、稀に雨が降る時があり、その時はさすがに隠れるという。

それ以外で隠れることはなく、曇りというものは存在しないらしいが……本当にどうなっているのだろうか。

詳しいことはフェリシアも知らないとのことであったが、ただ一つ、ここは元々エルフが作り出した世界であるらしいということだけは言っていた。

数十どころか数百のエルフの力を合わせた大魔法によって作られたとのことだが、こんなよく分からないことができるあたり、さすがは魔法といったところだろうか。

早く自分の手で使ってみたいものだと思うものの、焦ったところで意味はない。

いつも通り、変わらずに――

――剣の理・龍神の加護・常在戦場・気配察知特級：奇襲無効。

「マイペースにいくだけ、であるな」

――剣の理・神殺し・龍殺し・龍神の加護・絶対切断・疾風迅雷：紫電一閃。


瞬間、後方から飛び出してきた影の首を刎《は》ね飛ばした。

しかし一瞬遅れて、あ、と気付き、その正体を確認したところで安堵の息を吐き出す。

今倒したそれは、猪《いのしし》のような外見をしたものであったからだ。

この森には猪のような魔物が数種類生息しているが、そのどれであっても必要とされる素材は牙や爪、一部の肉といったところだったはずである。

頭部を斬り飛ばしても、それほど問題にはならない。

だが結局それは、運がよかっただけであった。

必要とされる部位と状況次第では、それが欠損してしまっていた可能性もあったからである。

「ふむ……やっぱりいつも通りでは駄目そうであるな、これ」

多少手間ではあるが、魔物の襲撃がある度にその姿を確認する必要がありそうだ。

瞬殺しないように気をつけなければならない、というのもおかしな話だが、まあたまにはそんなのもいいだろう。

そんなことを考えつつ、ソーマは今倒したものから必要そうな素材を剥ぎ取ると、気を取り直して探索を続行するのであった。

†

「というわけで、今回の成果はこのぐらいだったのである」

そう言ってソーマがテーブルの上に並べたものを眺め、フェリシアは三度ほど目を瞬かせた。

ソーマが素材を探しに行ってから、三時間ほどが経っての帰還だ。

これは今までと比べると倍ほどの時間がかかっているが、まあそれは仕方がないだろう。

何せ今回は、結界の外にまで探しに行ったらしいのだ。

探索距離が延びる分、時間がかかるのは当たり前である。

それを疑う理由はない。

そもそも最初から疑ってはいないが、何よりそれ以上に目の前に並べられたものからして、それが事実なのだと物語っていた。

素材集めの際、ソーマはこれまでだったら籠などを持っていっていたが、それは単純にそこに入る程度のものしか持ってこなかったからだ。

しかし今回は魔物から素材を剥ぎ取ってくる予定ということで、食料を渡される際に使われている魔導具を貸したのだが……そこから取り出された品々は正直かなり予想外のものであった。

魔物から得られる素材の中で、最も薬の材料として必要とされるのは、実のところ血だ。

そして最も難度の高いものでもある。

それは龍ほどではないものの、新鮮であればあるほどによく、最善なのは生きたまま血を抜くことだ。

これが人手が多く機材などが十分に揃っているのであればまた話は別だろうが、生憎とここにはそのどちらもがない。

難度が高いというのは、そういったことも関係しているのだ。

ちなみに機材はないが、一応血を保管しておくための容器はある。

三十個ほどの大小様々なものがだ。

もっとも、新鮮さを求められるそれらは当然のように長期保管には向いていない。

先代が亡くなり、フェリシアがここで一人きりとなってからは、ずっと使われずにいたままであった。

そういった理由もあったため、置いておくだけでは仕方がないと、その全ての容器を今回ソーマに魔導具と共に貸したのだが――

「……まさかここまで血を集めてくるとは、正直予想外でした」

「うん？　そうであるか？　血が素材となる魔物に遭遇したのは三分の一程度の割合だったであるし、こんなものだと思うであるが」

それはつまり、三桁近い数の魔物と遭遇し撃退したということか。

確かに、妙に牙や爪などが沢山あるとは思ったものの……どうすればそんなことが出来るのか、フェリシアには想像も付かなかった。

先ほども少し話したが、フェリシアが結界の外に出たことがあるのは、先代に連れられて行った時の一度だけだ。

幼い頃だったこともあり、正直よく覚えてはいないのだが、それでもかなりの恐怖を覚えたことだけは、しっかり記憶に焼き付いている。

だからこそ、それ以来結界の外に出ようとはまったく思わなかったのであり……ふと、今まであまり考えたことのなかった疑問が頭を過った。

それは、ソーマは果たしてどのぐらい強いのだろうか、ということだ。

剣を使うということぐらいは知っていたが、フェリシア自身に戦闘能力がほぼ皆無ということもあって、あまり気にしたことはなかったのである。

それだけ魔物と戦えるということは、それなりに強いということなのだろうが……。

しかしそんな疑問は、直後に起こった出来事によって跡形も無く吹っ飛んだ。

ソーマが、そういえば、と言いながら、それを取り出した瞬間に、である。

「っと、そういえば、これを出すのを忘れていたのである」

「……？　まだ何かあるのですか？」

「うむ、驚かせようと思って、敢えて最後に回しておいたのであるが――」

そう言ってソーマが袋状の魔導具から取り出したのは、血を保管するための容器の一つであった。

ここにある中でも最大のものであり、こんなに量を保管しても使い切れないのではないかと思った覚えがある。

しかし不意に過ったそんな思考は、フェリシアが冷静だったからではない。

むしろ逆であり、それはただの現実逃避であった。

何故ならば、目の前に置かれた容器の中身は、そこらの魔物から得た血では絶対に有り得なかったからだ。

一目見ただけで、そこに込められている圧倒的な神秘の力を理解出来た。

かつて一度だけ、同じものを見たことがある。

その時は威圧感すら覚えたそれが、どんな意味を持っているのかなど、当時はまるで分かってはいなかったが――

「……ソーマ、さん？　これって、もしかして……」

「お、見ただけで分かったであるか？　さすがであるな。うむ、これこそが、龍の生き血なのである！」

それが真実か否かなど、今更確認するまでもなかった。

かつて見たものとまったく同じものを感じるそれは、確かに龍の血以外では有り得ない。

だが同時にだからこそ、信じられないことでもあった。

その意味するところはつまり……龍から血を得ることが出来たということだ。

しかも龍を殺して得たというわけではなく――まあそれはそれで不可能なはずではあるのだが――

龍から譲り受けた可能性が高い。

その理由は、かつて見たものと本当にまったく同じだと感じたからだ。

龍の血は、それを手に入れた状況によってまるで状態が異なるものであり、ならばかつてフェリシアが見たものがそうであったように、これも龍から譲り受けたということになるのである。

しかしそれには、龍に認められる必要があるはずだ。

そして龍は自分より上の者しか認めないと聞く。

上というのは、何も武力に限った話ではない。

それは何でもいい、ということではあったが——

「……ちなみに、これをどうやって手に入れたのかを聞いてもよろしいですか？」

「うん？　別にいいであるが……そもそも、我輩は特に何もしていないであるぞ？」

「何もしていない、というのはどういうことですか？　まさか、何もしていないのに血を差し出してきた、などということがあるわけも——」

「その通りであるが？」

「……はい？」

何でもソーマによれば、適当に魔物を倒し、素材を回収していたら、偶然龍に遭遇したらしい。

そして、おおこれは龍の生き血を手に入れるチャンス、などと喜んでいたら、次の瞬間には龍が平伏していたとのことだ。

「……平伏、ですか？」

「うむ、頭を下げるとかいうレベルではなく、全身を地面に投げ出しての平伏であったからな。あ、いや、直後に腹を見せたりもしていたから、厳密には違うのかもしれんであるが……」

「いえ、別にそういう細かいのはどうでもいいです」

どっちにしろ有り得ない事態であることに、変わりはない。

「そうであるか？　まあともあれ、何故そんな状態になっていたのかは分からんであるが、とりあえず何もしないから血を分けてくれと言ったら、気前よくこんなに沢山くれたのである。アレ、龍にしては結構いいやつだったであるな」

「……はぁ」

良いとか悪いとか、そういう次元の話ではない気がするのだが、どうにもいまいち現実味が感じられず、そんなものだろうかと思ってしまう。

だがそうして、半ば現実逃避をしながらも、一つだけ聞かなければならないことがあった。

「……ソーマさん、あなたは一体、何者なんですか？」

「うん？　ただの何処にでも居るような、魔導士志望の元剣士であるぞ？」

フェリシアはこれでも、自分が常識に疎いという自覚がある。

魔女であり、こんな場所にずっと居るのだからある意味当然なのだが……それでも。

こんなとぼけた顔でそんなことをのたまう存在が何処にでも居てたまるかと、それだけは強く確信したのであった。

「そうかい、そんなことがねえ……」

楽しそうな様子でドリスが相槌を打つのを、シーラもまた口元を緩めながら眺めていた。

窓の外ではとうに夜の帳《とばり》が降り、月の光が周囲を照らしている。

明日のことを考えれば、そろそろ寝なければドリスは特に辛いだろうに、そんな気配は微塵も感じさせることはない。

そんなドリスに甘えるようにして、話の尽きないシーラは、さらに口を開く。

「……ん、ソーマを見てると、いつも思う。……私は、まだまだ」

「別にそんなことはないんじゃないかと思うけどねえ……慰めとか抜きに。ただ、シーラがそう思うんなら、アタシが何を言ったところで意味はない、か」

「……そんなことはない。……けど……ん、ごめん」

「謝る必要なんてないさね。……けどま、ちょっと羨ましくは思うかねえ」

「……？」

一体何が羨ましいのか分からず、首を傾げるも、ドリスは遠くを眺めるように目を細めながら、笑みを浮かべるだけであった。

あるいはそんなドリスは、酔っ払っていたのかもしれない。

大して強くもないくせに、飲むのは大好きな酒を、久しぶりの再会を祝してとか言いながら、浴びるように飲んでいたから。

「ま、何にせよ、アイツらに託して正解だったたってことかね。……結局何も出来なかったアタシが、偉そうに言えることじゃないけどねえ」

「……そんなことない。……ドリスが連れ出してくれなかったら、今の私はなかった」

それは本音だし、事実だ。

その後のどんな選択肢も、あそこでドリスが連れ出してくれなければ、発生すらすることはなかったのである。

勿論今でもあそこが嫌いになったわけではないし、皆は変わらず大切な仲間だ。

むしろあそこを離れ、今まで色々なことを経験してきたからこそ、余計にそう思う。

「……そうそう、そういえば、今まで色々と話を聞いてきて、一つだけ気になったことがあるんだけど、ちょと聞いてもいいいかい？」

「……？　……なに？」

「これはただの好奇心からのものだし、正直下世話な話だ。答えたくなければ答えなくてもいいし、そもそも聞くべきじゃないって気もする。なら聞くなって話なんだが……ま、酔っ払いの戯言だと思ってくれていいさね」

そう言うドリスは、自分でも言う通り、やはり酔っていたのだろう。

だけど。

「これは仮定の話さ。アンタの嫌いな、もしもの話。だけど……もしも、森の仲間のエルフ達と、ソーマ達。そのどちらかしか選べないっていう状況が、起こってしまったら」

――アンタは一体、どっちを選ぶんだい？

そんな問いかけをしてきたドリスは、何処までも真剣な瞳で、シーラのことを見つめていた。

†

ソーマが何故龍の生き血などを求めていたのかと言えば、今更言うまでもないことだろう。

魔の力へと傾注しやすくなるという、その薬を作り、飲むためだ。

その原料となるものは、先日手に入れたそれを始め、全て揃っていた。

新月の晩にしか咲かないという花から得られる蜜や、これまたソーマが見つけて手に入れたマンドラゴラなど、貴重なものばかりが十種類ほど作業台の上に置かれ、並べられている。

「これほどのものを一度に扱うのは、さすがにわたしも初めてですね……。まあとはいえ、龍の血を除けば結界内でも手に入れることの出来るものばかりですから、貴重は貴重でも個人的にはそれほど思うところはないのですが」

「ふむ、正直我輩もであるな。重要なのはこれを使って我輩が魔法を使えるようになるのか否かということだけであるし」

そんな、聞く者が聞けば卒倒しかねないような言葉を交わしながら、二人は作業台の上に置かれたもう一つの物へと視線を落とす。

それは一片のメモであり、ソーマが書き記したこれから作ろうとしている薬の作業工程だ。

わざわざそれに記したのは、勿論そのままではフェリシアが読めないからである。

別に今回だけ特別にそうしているわけではなく、毎回その日に作る予定のものをソーマが書き起こしているのだが――

「いつものようにわたし一人だけでも大丈夫ですよ？」

「いや、単純に我輩が手伝いたいだけであるから気にする必要はないのである。まあ、邪魔だと言うならば大人しく引っ込んでいるであるが」

「そんなことはありませんが……人手があればと時折思うこともありますし。まあ、それでは、よろしくお願いします」

「うむ、任せるのである。さすがに特殊な技能が必要そうなことは出来んであるが……」

「以前にも言いましたが、わたしも特別なことはやっていませんから。書かれている通りに出来れば大丈夫だと思いますよ？」

「ふむ……」

ソーマとて薬物系の実験の一つや二つしたことはあるし、その際に調合の実験も行っている。

その時も失敗するようなことはなかったので、妙な特性が自分にあるなどということはないだろう。

要は料理などと一緒だ。

レシピに書かれている通りに作れば、失敗することはないのである。

失敗してしまうのは、妙な色気を出すからだ。

手順と分量さえ間違わなければ、問題はない。

ない、はずなのだが……。

「ところで一つ聞きたいのであるが」

「はい？　何か分からないことでもありましたか？　むしろそれはソーマさんが書き起こしたんですから、何か聞くことがあるとすればわたしの方な気がするんですが……」

「いや、我輩は書いてあることは読めるであるが、実際に作るのはこれが初めてであるからな。それで、なのであるが……これ妙に目分量だとか適量だとか書かれていないであるか？」

というか、具体的な分量が書かれている項目が一つも存在していないような気がする。

むしろ今まで書き起こした中で具体的な分量を記した覚えすらないし、そもそも読んだ記憶もほぼない。

……いや、実のところ、薄々気付いてはいたのだ。

最初に目を通した時点で、これ大雑把すぎやしないか、と。

だが素人が料理本を読んでもよく分からずとも、ある程度知っている者ならば何となく分かるように、これも魔女なりの隠語の可能性もある。

万が一の可能性を考え、ここにも細工をしていた可能性も――

「いえ、分量に関してはそういったことは特にないですね。文字通りの意味で、自分で適していると思う量を入れろ、という意味です。実際先代が調合しているのを何度か見たことがありますが、分量を量っていることなど一度もありませんでしたし」

「そうであるか……ううむ。何となく魔女のイメージが壊れるであるなぁ……」

薬を調合しているところなどから、結構きっちりしているイメージがあったのだが。

しかし魔女と言われすぐに頭に浮かぶのは、大鍋で何かを煮詰めているような場面だ。

それを考えると、ある意味イメージ通りとも言えるのかもしれない。

「ふーむ……まあ、それはいいとして、それで具体的にはどうすればいいのである？　いや、その部分はフェリシアに任せて、我輩はその他の作業を分担した方が効率的であるか……？」

「それでもいいとは思いますが……多分ソーマさんがその部分は担当した方が結果的には効率的だと思いますよ？」

「何故である？　我輩適している量とか言われてもまったく分からんであるぞ？」

「いえ、むしろそれはソーマさん以外には分からないと思います」

「どういうことである？」

フェリシアが言うには、どうやら魔女の薬というのは本来個々人に合わせて調合する必要があるらしい。

そもそも魔女の書に載っているものは、そのほとんどが呪術の補助として使うためのものだ。

そのため、魔女個人の体質や性質などに合わせ、調合する際の量を調整していく必要があるのだとか。

「ああ……だから自分で適していると思う量、なのであるか？　なるほど、別に大雑把だというわけではなかったのであるな」

「正直それに関しても否定はしきれないのですが。先代が調合している際、あ、入れすぎちゃったかも、とか言ったりしていたことがありましたから」

「……まあそれはいいとして、であるな……ふむ？　しかしそうなると、食料の代価として渡している薬は意味がない気がするのであるが？」

「と言いますか、そもそも呪術用の薬ですから、そういう意味では最初から意味はありませんね。ですが、それを参考にして自分達にも使えるようなものが作れないか、ということで、あくまでも研究用として欲しているらしいです」

「ふむ……」

ただの研究用ならば、そんな何十年も、毎月決まった数を必要とはしない気もするが……まあ、そこら辺は触れない方がいいことだろう。

それよりも――

「具体的には、どうしたら自分に適した量が分かるのである？」

「そうですね……基本的には、やはり色々と試していくしかありませんね。特にこの薬で使用する材料は、他のもので使うことはありませんから、そこから推測するということも出来ませんし」

「むぅ……となると、材料が明らかに足りないであるな。効き目があるのか、あってもどんな効果があるのかが分からない以上、どれだけ試すことになるか分からんであるし」

「あ、その必要はありませんよ？　自分に適した量となっているのかどうかは、薬の味で分かりますから」

「味、であるか？」

「はい。個人の感覚によって異なりますが、全てが適した量であるならば、とても美味しく、逆にそこから遠いほど味も不味《まず》く感じるようになります」

「ふむ……ちなみにフェリシアはどう感じるのであるか？」

「わたしは基本的に甘さと苦みですかね。全てが適した量の薬でしたら甘く美味しく感じますが、そこから離れるほどに苦く不味く感じます」

結局のところ、ひたすらトライ＆エラーを繰り返せ、ということであるらしい。

まあしかしそんなことで済むならば安いものだろう。

どれだけ不味かろうと、死ぬことはないのだから。

「……さて、それはどうでしょうか」

「フェリシア？」

「まあ、とりあえず試してみるのがいいと思います。とりあえず最初は少量からですね」

「うーむ……何故か先ほどから嫌な予感がするというか、頭の片隅から止めとけという言葉が聞こえてくるのであるが……」

「気のせいでしょう。それに、ソーマさんの目的にこれは必要なことなのではないのですか？」

「む……確かにその通りであるな。ならばこんなところで怖気《おじけ》づいている暇はないのである……！」

「そうです、その意気です。では早速始めるとしましょうか。……そしてソーマさんも、あれを味わえばいいと思います」

フェリシアが最後に何かを呟いたような気がしたが、その時にはソーマはやる気に満ちていたため、気にすることはなかった。

そうして薬の調合へと取り掛かり……結論から言ってしまえば、何十という試行の末に、薬そのものは完成したと言っていいだろう。

少なくとも、ソーマはそれを美味しく感じたので、そのこと自体は間違いがないはずだ。

だがそれでも結局は何も起こることはなく……そこへと至るまでに辿った過程を思い返し、ソーマはこれからもフェリシアの手伝いをなるべくすることと、二度と自分のために薬は作らないことを心に決めるのであった。

## 17

「そういえば、呪術って具体的にどんなことが出来るのである？」

ことの切っ掛けは、ソーマのそんな一言であった。

雑談とも討論ともつかない時間の一幕である。

ソーマが調合まで手伝ってくれるようになり、フェリシアは薬作りを大分楽に行えるようになってきていた。

その分、早く終わるようになり、だが調合を終える時間は変えられない。

そのため時間が余り、暇になってしまい……それを潰す一環としてソーマに提示されたのが、互いの持つ知識の披露というか、話し合いというか、そういうものであった。

フェリシアは魔女の書には載っていないような魔女のことや、呪術に関して。

ソーマは主に魔法全般のことを話し、その中で先の一言へと繋がったのだ。

「確かに、ソーマさんに呪術を見せたことはありませんでしたね……特にその機会もありませんでしたし」

「まあ、薬の調合とかで忙しかったであるしな」

「とはいえ、具体的にどうと言われましても、説明が難しいと言いますか……そうですね、実際に見てみますか？」

そう口にしたのは、ソーマの魔法への興味や関心が人一倍強いことを、この時間の積み重ねにより理解していたからだろう。

あるいはそれは、普段ソーマに世話になりっぱなしの現状で、少しでも何かを返せたら、という思いからのものだったのかもしれないが――

「むしろそこで見ないと答える選択肢が存在しないのである」

真顔でそう断言するソーマに、苦笑を浮かべる。

魔法への想いが、ひしひしと伝わってくるようであった。

まあ、実際に呪術を見せたところで、どうこうなることもないだろうが……ソーマは普段から何が切っ掛けになるかは分からないなどとよく言っているのだ。

ならばこれももしかしたら、と思えば、無意味ということもないだろう。

ともあれ。

「では、行きましょうか」

「うん？　行くって、この場で使うのではないのであるか？」

「この場で使って見せるには少し不向きですから。それに、ちょうどいいですし」

「……？」

首を傾げ、不思議そうにしているソーマに、少しだけ口元を緩める。

普段は何でもかんでも知っているような様子を見せるソーマにしては、珍しい姿だったからだ。

そんなソーマと連れ立ちながら、フェリシアはリビングとして用いられているその部屋を後にする。

開く扉は、奥へと向かうものではなく、その逆。

満点の星々が輝く、その下へとであった。

†

夜空に星が煌《きら》めく中、まるで祈るような格好で、フェリシアは両手を組み、目を瞑っていた。

いや、実際のところそれは、祈りで間違ってはいないのだ。

そして同時に、懺悔《ざんげ》でもある。

祈りを届ける先は、この世界。

懺悔を向ける先もまた、この世界だ。

それは世界を侵す願い。

それは世界を蝕む呪い。

それらは等価で、同一だ。

世界にとっても、魔女にとっても、それらは何一つとして変わらない。

それを違うものとして捉えるのは、いつだって人間だけである。

そしてだからこそ、魔女は人のためにのみ、願い祈るのだ。

その結果、世界から、どのように見られようとも。

その帰結として、当の人間達から、どのように思われようとも。

——そんな取り留めもない思考が後から後から湧いては、そのまま留まることもなく消えていく。

それはいつものことであった。

呪術を使う際には、軽い催眠状態へと陥るらしく、あまりまともに意識を保っていることは出来ないのである。

だがその先にこそ、それがあるのだ。

まるで川の流れに身を任せているような、何処かへと意識が漂っていく感覚の後で——不意に、何かに繋がったと、そんな感覚を覚えた。

「——雨よ」

――魔女の呪い（根源励起）：呪術・雨乞い。


それと同時に、自然と願いが口から零れ落ちる。

その一瞬後には、もうその繋がりが絶たれてしまったということも分かったが、願いを届けることが出来たということは確信を持って言えた。

その場に変化があったのは、直後のことだ。

雲一つなかったはずの星空に、少しずつ周囲から雲が集まり始める。

そして。

「天候操作、であるか……しかも、これほど容易に。なるほど、これは確かに奇跡と呼ぶに相応しいであるな。魔女が特別とされる所以が、少しだけ分かったような気がするであるな……」

雨音に混ざり、ソーマの感心したような声が響く。

手を解き、目を開き、一つ大きく息を吐き出してから、フェリシアは後ろを振り返ると、首を傾げた。

「そうですか？　正直、得意分野の違い、というだけな気もするのですが……」

それは本音だ。

フェリシアは他の魔法をまともに見た覚えはないものの、ソーマの話を聞き、そこそこ理解出来ているという自覚がある。

だからこそ、そう思うのだが……。

「ふむ、認識の違い……というよりは、単純に常識とか価値観の問題、という感じであるかな。少なくとも我輩の知る中では、天候への干渉は大規模魔法に相当するであるし……一人でこれほどのことをするには、魔導特級を持っていようとも可能かは分からんであろうな」

「んー、そういったことも含めて、向き不向きのような気もしますが。だってわたし、火を灯《とも》す方が、この何倍も大変ですし」

「ふむ？　そうなのであるか？」

「はい」

これも本当のことで、例えば料理に必要な火を点《つ》けようと思えば、今の三倍ほどは疲れるだろう。

実は果物だけしか食べないのもそれが……いや、やはりそれは無関係か。

そもそも大変とかそれ以前の問題で、呪術は自分の為に使うことは出来ないのだから。

大体、料理をするのに必要な器具や魔導具は、きちんと用意されているのだ。

尚更関係のないことであった。

それに、最初の頃はきちんと料理もしていたのである。

先代も料理はしていたし、それを引き継ぐような形で、フェリシアもしていたのだ。

しかも、それを楽しいとすら感じていた。

ソーマに果物を丸ごと渡してしまったのは、すっかり忘れてしまっていたからだ。

だがそうなるほどに、ずっと料理を止めてしまっていたのは……いつしか気付いてしまったからだ。

自分のためだけに作る料理は、とても虚《むな》しいものなのだということに。

「ふむ……それにしても、見た目の印象としては、普通の魔法よりも法術の方が近い気がするであるな」

「法術、ですか？　初めて聞きましたけど……」

ふと思い出してしまった感情を誤魔化すように、ソーマの話に言葉を返す。

その話題に興味を抱いたというのも偽りではないが……ソーマが話を続けたことに安堵を覚えたことが、何が本音であるのかを明確なまでに示していた。

「まあ、定義的に魔法には含まれないものであるからな。我輩も実際に見たことはなく、文献等で読んだだけであるし」

「法術とは、一体どんなものなんですか？」

「単純に言ってしまえば、神へと祈ることで奇跡を起こす術式……と言われているものであるな。主に法国のあたりで使われているもので、聖神教の信者になることで使えるようになるという話も聞くのであるが……」

「あれ？　聖神教といえば、以前ソーマさんが聖神教に入ることで魔法が使えるようになると言われている、などとも言っていませんでしたか？」

「それも合っているのである。というか、元々聖神教で使われていたのは法術の方らしいのであるが……色々な資料を読んでいくと、どうにも信者獲得の為にそこら辺のことも取り入れるようになっていったようであるな」

「はぁ……それは、何と言いますか……」

「世知辛いと言うか、貪欲というか。まあともあれ、法術を使うには祈りが必要とのことで、先ほどのフェリシアの姿から連想したわけであるが――」

いつの間にか、いつもの話し合いのようになっていることに、フェリシアはほんの少しだけ苦笑を浮かべた。

本当にソーマはこの手の話題が好きなのだということが、心底伝わってくる。

そしてだからこそ……ソーマは近いうちにここを出て行くことになるのだろうなと、そんなことを思った。

最も可能性の高かったであろう薬を飲んでもソーマには何の変化もなく、またこうして呪術も見るに至ったのだ。

ソーマがここに居ても得られるものがなくなるのは時間の問題であり……その時になれば、きっとソーマはあっさりとここを出て行くのだろう。

それだけは何故か、はっきりと確認を持てた。

それは来月かもしれないし、半年後かもしれない。

具体的にいつなのかは、多分ソーマ自身にも分からないだろうが……その時がいつか訪れるのは確実であり――不意に、やっぱり怪しまれてでも、先月は肉とかも頼んでおくべきだったかもしれないと、そう思った。

最近ではソーマも果実だけの食事には慣れてきたようではあるし、手軽で楽でもあるのだが……他の食材があれば、虚しく感じることなく、料理をすることが出来たかもしれないのに、と。

……いや、あるいは、まだ遅くはないのだろうか。

ちょうど明日は、食料を渡される日だ。

ならば今度こそ頼んでみるのもありかもしれない。

勿論無駄になってしまう可能性はあるが……それでもきっと、何もしないでこのまま別れてしまうよりは、マシだろう。

雨避けの下で、いつも通りの会話をソーマと交わしながら、フェリシアはそんなことを考えるのであった。

†

窓の外で、いつの間にか雨が降っていることに、ヨーゼフは不意に気付いた。

雨音をしばし聞きながら、そういえばもうそんな時期だったかと、そう思う。

森神の力で満ちているエルフの森は、基本的に雨が降ることはない。

それでも川や泉があるため、水に困ることはないのだが……それでもさすがに、時折天の恵みは必要なのだ。

とはいえ森神の力は、その恩恵を授かるエルフといえども、制御することは出来ない。

だからこそ、奇跡を望むのだ。

理を歪める力を、理不尽にも一方的に。

「ふんっ……そしてこの上さらに、理不尽を強要しろ、と？　どれだけ我らは傲慢で恥知らずなのだ……」

組んでいた腕に力がこもり、みしりと音を立てる。

いや、分かっていたことだ。

それこそ、最初から。

今更すぎる話で——

「罪悪感を覚えるのは結構ですが、さすがにそろそろ準備しねえとまずいんじゃねえかと思うですよ？」

「——っ!?」

声に、反射的に振り向いた。

今この部屋には他に誰もいないはずである。

だがその聞き覚えのある声は——

「あ、ちと雨宿りに邪魔させてもらってるですよ。いや、急に降りだすなんて油断してたですが、そういえばこんなことも出来るんでしたね」

「貴様……何しに来た……!?　いや、そもそもどうやってここに……!?」

「どうやってはともかくとして、何しに来たかに関しては、決まってるじゃねえですか。まだ決断出来てねえみたいですから、その後押しですよ」

「後押し、だと……？」

「これでも、それなりに気にしてやってるんですよ？　折角助かるための案を出してやったのに、それを実行しないで全滅されても後味悪いですし」

「ふんっ……余計なお世話だ……。そもそも、別に罪悪感から連れ出さなかったわけではない」

「あれ？　そうなんです？」

それは事実だ。

先月伝えることができなかったのは、単に準備不足だったからである。

「万が一にも失敗は許されん。そのための警護役がまだ見つかっていないのだ」

「ふむふむ……それならそれで、先月伝えるだけ伝えちゃってもよかったんじゃねえかと思うですけどねえ。突然よりは心の準備ってのも出来たと思うですし」

「ふんっ、だから余計なお世話だ……いや？　というか、貴様何故伝えていないことを知っている……？」

「あれ、やっぱり伝えやがらなかったんですか。カマかけたのが当たっちまいやがりましたねえ」

「っ……!?」

これ以上何を言ったところで徒労にしかならないと悟ったヨーゼフは、声の主から顔を背けると前方に向き直った。

「それが言いたかっただけなら、さっさと出て行け。オレは忙しい身なんでな」

「暇そうにしか見えなかったですが……まあ、いいです。ならあと一個だけ伝えて消えるです」

「いらん、いいからさっさと――」

「――封印はもう、一月ももたねえですよ？　準備不足だとか罪悪感だとか、家族の情だとかで誤魔化せる期間は終わりです。死にたくねえなら……いえ、種を滅ぼしたくないのなら、決断することですね。ま、最終的にどっちを選ぼうが、こっちの知ったこっちゃねえんですが」

「――っ」

その言葉に、再度振り向くも、その時にはもう、そこには誰の姿もなかった。

薄闇が広がる中、雨音だけが響く。

「……分かっている……ああ、分かっているともさ……！」

その先を、睨みつけるように見つめながら、ヨーゼフは呻くようにして、そう呟くのであった。

## 18

懐かしの故郷を前にして、シーラは思わず目を細めていた。

どうやら予想していた以上に、思うところがあったらしい。

しかしそうして懐かしさを噛み締めていると、不意にシーラは首を傾げた。

何となく……何となくとしか言えないのだが、何かがかつてとは違うような気がしたのだ。

だがその違和感とでも呼ぶべきものが形になることはなかった。

それよりも先に、その場に予想外の人物が姿を見せたからである。

「ふんっ……なんだ、懐かしい気配があると思って来てみたら。お前だったのか、シーラ」

「……え？」

当然と言うべきか、それは同族ではあったが、決してここに居てはいけないはずの人物でもあった。

何故ならば――

「……何故？」

「ふんっ、オレがお前を出迎えに来たら、おかしいか？　久方ぶりの妹の帰還だ。別におかしくもなかろう」

「……さっき私だと分かってなかったみたいなこと言ってた」

「ふんっ、細かいことは気にするな」

「……気にする。……族長がわざわざ来るなんて、どう考えても異常事態」

そう、目の前の人物は、シーラの兄であり、同時にエルフという種を束ねる族長でもあるのだ。

そんな人物が、誰なのかも分かっていない相手を出迎えに来るなど、有り得ていいわけがない。

「……何かあった？」

「何も……と言ったところで、大人しく納得するお前じゃないか」

「……ん」

当然だ。

それにこうなってくると、先ほど覚えた違和感のようなものも気になってくる。

一体何があったのかと、ジッと見つめていると、やがて観念したかのように兄は――ヨーゼノ・レオンハルトは、溜息を吐き出した。

「……まあ、このタイミングでお前が帰ってきたということは、天啓ということなのかもしれん。ああ、それならばオレは……族長としてすべきことをするとしよう」

「……？」

「シーラ、これは兄としてではなく、族長としての願い――いや、命令だ。我らが種の為の、礎となれ」

そうしてこちらを睨みつけるようにして見つめ返してくると、そんな言葉を口にしたのであった。

†

「……うん？　今何と言ったのである？」

思わず、といった様子で、ソーマはそう問いかけていた。

フェリシアが口にした言葉の内容が、それほど予想外のものであったからだ。

今日は食料配給日……などと言ってしまうと少しアレだが、まあ言葉を取り繕ったところで中身が変わるわけでもない。

エルフから食料を渡される日であり、つまりは果物の備蓄が増える日だ。

不思議と栄養失調にはならないものの、さすがにいい加減、肉を食いたいなどと思っていたら――

「人が大切な話をしていたというのに、聞き漏らしたんですか？　仕方ありませんね……ではもう一度繰り返しますので、今度は聞き漏らさないようお願いしますね？　今日を含め、今後一切食料の支給は行われなくなりました。しかしその代わり、わたし達はここから出ることが出来るようになりました」

分かってはいたことだが、どうやら聞き間違いではなかったらしい。

だがということは――

「つまり我輩の雌伏の時が終わりを告げた、ということであるな？　ちょっと穏便に脱出するのは不可能みたいであるし、まあそれでもエルフの森を半壊させればさすがに――」

「しないでください。と言いますか、わたし達、とちゃんと言いましたよね？」

「ああ、言い間違いではなかったのであるな？　しかし、ということは、我輩もここから出る許可が下りた……いや、それ以前の問題として、我輩のことを話したのであるか」

「……はい。申し訳ありません、わたしの勝手な判断で」

「ふむ……まあそれは別に構わないのであるが……よく許されたであるな？　この前は、絶対穏便には無理、みたいな雰囲気を出していたであったが」

前回行ったこともあり、今回は残って魔女の書の精読を行っていたソーマではあるが、前回のことはしっかり覚えている。

そして魔女がどういったものであるのかを知っているソーマからすれば、その対応は過剰などとは思わない。

むしろ当然のことだ。

そのことは相手の方がよく分かっているだろうことを考えれば、その変化は腑《ふ》に落ちないとすら言っていいほどであった。

「……そうですね。おそらくですが、何かそうしなければならないようなことが、あちらであったのでしょう」

「魔女を匿《かくま》っていたことを知られることを厭《いと》わないほどの何か、であるか……」

そう、匿っていた。

一見どころかどう見ても監禁しているようにしか見えない状況だが、相手が魔女だということを考えれば、これは間違いなく有情な対応だ。

魔女を生かしておくためには、こうする以外にないのである。

少なくともソーマの持つ知識からすればそうだし、それはエルフも同様だろう。

だからこれは匿っていると言えるのだ。

勿論それは人道的な理由だとか、そういうわけではあるまい。

いや、それがまったくないとは言わないまでも、半分程度は打算込みなはずだ。

昨日の雨乞いを見ても分かる通り、魔女は上手く利用すれば莫大な利益を生む。

だがそれは一歩間違えば破滅が待つ道だ。

多分これはエルフの総意なのだと思われるが……これがバレれば、文字通りの意味で種ごと殺しつくされても文句は言えない。

それほどの大罪なのだ。

「ふむ……とはいえエルフは、やろうと思えばこんな空間まで作れるのであろう？　まあどこまで応用が利くか次第ではあるが、余程のことでなければ何とか出来る気がするのであるが……」

「……わたしも詳しく知らされてはいませんが、その余程のことが起こった、ということなのでしょう。実際わたしの解放は、それへの対処が条件のようですし」

「対処……出来るのであるか？」

「出来なければそんな条件はつけないでしょう。もっとも、出来なければどっちにせよ同じこと、ということなのかもしれませんが」

「というか、詳細を聞かなかったということであるが、それは何故である？」

もしも実際には対処が不可能なようなことであったら、どうするというのか。

最悪の場合、それこそ死ぬような目に遭うかもしれないだろうに——

「どちらにせよ同じことですから。どうせ後で詳しい説明はされるでしょうし」

「うーむ……どういう状況なのかが分からなければ対策のしようもないのであるが……まあ、どうにかなるであるか。さすがにかつてのヒルデガルドより強い、などということはないであろうしな」

しかしそこまで考えたところで、そう結論付けた。

幾ら何でもあれ級の最悪はそうそう転がっていないだろうし、ならば何とかなるだろう。

「……あの、ソーマさん？」

「うん？　どうしたのであるか？」

「今のソーマさんの言葉からすると……ソーマさんも手伝おうとしているように聞こえたのですが？」

「何を言っているのである？」

そう、まさに何を言っているのか、という話だ。

そんなこと——

「当然であろう？」

「……こう言ってはあれですが、これはあくまでもわたしに出された条件であり、ソーマさんには関係のないことですよ？」

「いや、関係ないかもしれんであるが、何やら大変なんであろう？　まあエルフを助ける義理は……あるかないかで言えば微妙なところではあるが、少なくともフェリシアを助ける理由はあるであるしな。我輩が手を貸すには、それだけで十分である」

むしろそれ以外に何が必要だというのか。

「……わたしは、どちらかと言えばソーマさんには借りばかりが積み重なっていると思っていますが？」

「見解の相違であるな。我輩としては、我輩の方が借りが積み重なっていると思っているのである」

そう言って、互いをジッと見つめ合い……先に視線を逸らしたのはフェリシアの方であった。

何かを諦めたかの如く、溜息が吐き出される。

「……分かりました。ですが、これは一応わたしが受けたことですから。わたしが無理だと思い、助けを求めたら、その時になって初めて助けてください」

「ふむ……ま、そこら辺が落としどころであるか。うむ、委細承知したのである」

「はぁ……まったく、困ったものです。まあ、ともあれ、そういうわけですから、さっさとここを出る準備をしますよ」

「了解なのであるが、何を持っていくのかなどは我輩では分からんのであるが？　とりあえず片っ端から詰め込めばいいのであるか？」

「いえ、逆にほとんど持っていくものはありません。大半がここにあったものですし……おそらくは、次代が利用することになると思いますから」

「む、ということは当然魔女の書も置いていくわけであるか……まだ読み足りなかったのであるが……」

「申し訳ありませんが、それだけは絶対に持っていってはいけないものです」

「ま、であろうな」

翻訳したメモにしても、調合が終わり次第、即破棄していたのだ。

魔女以外にも読める可能性が出てきてしまった以上は、尚更持っていけるわけがない。

まあ大体覚えてはいるのだし、あとは記憶を頼りに何とかするしかないだろう。

そうこうしている間に、出発の準備が整う。

もっとも本当に互いの荷物は最初に持参していたものだけだ。

ソーマは愛用の剣を。

フェリシアは――

「……その格好、初めて見るであるな」

「そうですね、初めて見せますから。一応、魔女としての正装、らしいです」

服は今までと同じ黒を基調としたものだ。

まあその時点で割とそれっぽいと思ってはいたのだが……同じく黒のとんがり帽子に、箒《ほうき》とか、ちょっと逆に狙いすぎではないだろうか。

「とはいえ、別にここを出て行くから正装をするわけではなく、単純にこれだけがわたしの私物、というだけなのですが。母の遺品でもありますし」

「……そうであるか」

その意味するところを、敢えて聞くことはしなかった。

ただ頷くと、最後に一月半という短い期間だが、世話になった家を見回す。

それから――

「では、行くであるか」

「はい、行きましょう」

二人で並び、共にそこを後にした。

「そういえば、このままあそこに行けば迎えが来るのであるか？」

「……そうですね、そのはずです。少し待つことになるかもしれませんが」

「まあそのぐらいは構わんのである。ちなみに、その何かやらなければならないこととやらは今日一日で終わるのであるか？　終わらない場合、どこかで宿を借りたりする必要があると思うのであるが……」

「そうですね、一応わたしは族長の家に住まわせていただく予定でしたが……すみません、そういえば、ソーマさんに関しては聞くのを忘れていました。あとで確認してみます」

「ふむ……まあ、我輩は最悪野宿でも構わんであるがな。野宿する場所なら幾らでもあるであろうし」

そんな会話を交わしながら、目的の場所へと歩き……十分もしないうちに辿り着く。

そしてその先の空間が、先月と同じように波打ち始めたのは、それとほぼ同時であった。

「む、まったく待つことはなし、であるか……」

「時間に正確な人ですから」

そうしてそこに、今いる場所と同じような森が出現し、そこには金髪の男も立っている。

ヨーゼフという名らしい男は、強張らせた顔でソーマのことを一瞥すると、鼻を鳴らした。

「ふんっ……オマエが件の男か」

「うむ……迷惑かけるであるな」

「……別に構わん。それに……おそらくそれは、こっちの台詞だろうからな」

「うん？」

ボソリと呟かれた言葉に首を傾げるが、特に補足などはなかった。

それどころか、そのまま背を向けると、歩き出す。

「それでは、行くぞ。オレは忙しいが……今は何よりも時間が惜しい。細かいことは、一先ず後だ」

「……分かりました」

「ふむ……」

フェリシアは素直に頷き、その後に続いたが……ソーマは、そんな二人の背を、しばし眺めていた。

今ヨーゼフは、フェリシアの方を一瞥することすらしなかったが……果たしてそこには、何か意味があったのか。

あるいは、何も意味などはないのかもしれないが――

「本当に、どこもかしこも大変そうであるな」

そんなことを呟きながら、ソーマも二人の後に続くのであった。

## ⑲

見知らぬ光景を前にして、ソーマは溜息を一つ吐き出した。

ただ厳密にはそれは溜息というよりは、困惑に近いものである。

ヨーゼフに案内されて、とりあえずここまでやってきたのだが――

「ふむ……さすがにこれは我輩予想外であるな……」

それは素直な感想であった。

そして多分、当たり前のものでもある。

ソーマと同じ状況に陥れば、誰だって平静ではいられないに違いないだろう。

何せソーマは、どうしてここに連れてこられ、何故座らされているのかを、未だに聞かされていないのだから。

そんなソーマの視線の先にあるのは、先に述べたように見知らぬ光景——森だ。

周囲には、見上げてもその頂を望めないほどの巨木が乱雑に、数え切れないほどに生えている。

奥は見渡せず、闇に沈んでいることから、相当に深い森のようだ。

ソーマが座っているのは、そんな森の中でも開けた場所のようであった。

広場、などと呼ぶべきなのかもしれない。

今居る場所から木々までの距離は三十メートルほどはあり、だが今はその空間を埋めるように、別のものが存在している。

それは、異様なほどに陽気で、賑やかな音だ。

人の声であった。

視線を向けてみれば、その場には数十人ほどの人影が存在している。

ついでに言うならば、その者達は全員が全員同じ特徴を有しており——

「おっ、どうしたんだい、お客人？　そんな辛気臭い顔して！　今日はめでてえ席なんだ、楽しまなきゃ嘘ってもんだぜ!?」

と、そうして周囲の観察をしていると、不意に絡まれた。

その相手は男であり、当たり前のように他の者達と同じ特徴がある。

即ち、先端が尖った長耳を持ち、寒気を覚えるほどの美貌を有し、何よりもその髪と瞳は金色だ。

そう、彼は、彼らは、エルフなのであった。

「ふむ……そうは言われても、であるな。我輩、何も知らずに引っ張って来られた故、何を楽しめばいいのかすらも分かっていないのである」

「あん？　そうなのかよ？　ったく、誰が案内したのか知らねえが、随分大雑把な対応だな。まっ、だが今日ぐらいは構わねえか！」

だというのに、そう言ってがははと笑う男は、思わず本当にエルフなのかと疑ってしまうほどの様子であった。

目を瞑れば、そこに居るのはただの酔っ払った中年にしか思えないだろう。

エルフというのは、もっと物静かというか、理知的というか、そんなイメージを持っていたのだが、見事にぶち壊された気分である。

しかもこんな様子なのは、目の前の男だけではないのだ。

周囲に居るエルフの全てが、それこそ遠くに見える者までもが、程度の差こそあれ、騒がしくも楽しそうに笑っていた。

まるで花見にでも来たようにも感じるが、勿論そうではない。

少なくともソーマの目には花など一輪たりとも見えない以上、違うだろう。

もっとも、では何なのかと問われれば、むしろこちらが聞きたいぐらいなのだが。

ソーマは本当に何も伝えられておらず、時間がないから事情は後で説明すると言われただけなのだ。

何故エルフ達がこうして騒いでいるのかなど、知るわけがなかった。

いや、そもそもの話……ソーマはここが何処なのか、ということも、実は知りはしないのだ。

当然推測は出来る。

状況を考えれば、おそらくここは、エルフの森なのだろう。

というか、それ以外に有り得ない。

ここまでの数のエルフがいる場所など、エルフの森以外には存在していないはずだからだ。

まあそれ自体は、ヨーゼフの姿を確認した段階で推測出来ていたからいいのだが……問題は、やはりこの状況か。

騒いでいる理由が分からないということもそうだが、何よりも、元来エルフとは排他的な種族なはずなのだ。

一体どんな理由があれば、こんな状況に至るというのか。

本当に、何が何やら、という感じなのであった。

「がはは……っと悪《わり》ぃ悪ぃ、で、何の話だっけか？」

「そうであるな……結局これは何の騒ぎなのか、という話であるか？」

「何の、か……そう言われると、明確にこれ、ってのはねえんだよなぁ……ぶっちゃけ今のとこは勝手に騒いでるだけだし。それでも敢えて言うんなら、森神様に感謝と祈りを捧げるための祭り……の、前段階、ってとこか？　まだ始まっちゃいねえしな」

「森神様、であるか……？」

それは初めて聞く名であった。

とはいえ、土着の存在を崇《あが》める者達が存在しているというのは、以前にも述べた通りだ。

エルフは元は精霊だったらしいし、自分達の住んでいる場所に畏敬の念を抱くのは不思議なことでもないだろう。

だが。

「ま、やっぱそんな反応になるか。俺達以外には知られてねえって話だしな。だが、森神様は本当に居て、俺達に手を貸してくださってるんだぜ？　俺達がこの森の中では普段以上の力を振るえるのだって、そのおかげだしな」

「ほぅ……？」

そこまで断言するということは、実際に居るのだろう。

それをソーマは否定することはなかった。

ただ……それでもそれは、本当に神というわけではないはずだ。

この世界には、邪神に堕ちた神と、女神と呼ばれる神しかいない。

実際に女神に会ったことのあるらしいヒルデガルドもそう言っていたので、それは間違いないはずである。

となれば可能性としてあるのは、自称か他称のどちらか、ということだ。

もっとも、エルフに強大な力を与えているのは確からしいので、それなりの格の存在であるのも事実なのだろう。

あるいは、幻想種あたりなのかもしれない。

とはいえ、ソーマとしてはそんなものが実在しようがしまいが、どうでもいいことだ。

そんなことよりも、気になるのは――

「ふむ……ちなみに、これは定期的に行われたりするのであるか？」

「あん？　そんなわきゃねえさ。それなら皆もこんな馬鹿騒ぎしたりしねえしな」

「なるほど……久しぶりだから、というわけであるか。なら、前にやったのはいつだったのである？」

「あー、いつだったかなぁ……悪ぃ、俺が生まれる前のことだから、そこまではよく分かんねえんだ。確かじー様の代にはやってたらしいから、数百年前とかそんなもんなんだろうが……」

久しぶりどころの話ではなかった。

いや、エルフにとってはそれでいいのかもしれないが、少なくともソーマにとってはそうではない。

しかしそうなると……まあ、ほぼ確定だろう。

フェリシアは多分、これに関係する何かで呼び出されたのだ。

さすがにそれらを無関係とするのは無理がありすぎる。

「まあそれならば確かに、これほど騒ぐのも頷ける話であるか。我輩がここに来ることが出来た……というよりは、居ることが出来ているのも。こう言ってはなんであるが、エルフは排他的だと聞いていたであるし」

「ま、それは事実だし、実際こんな時じゃなきゃお客人もここに呼ばれることはなかっただろうな。何か事情があったところで、そのまま森の外にほっぽり出されて終わりだっただろうぜ。お客人が何でここに来たのかは、知らねえが」

「ふむ……となると、我輩は運がよかった、ということなのであるな」

もっとも、これがなければソーマ達は未だに魔女の森に居ただろうことを考えれば、一概にそうとも言えないのだが……ここに簡単に来られたということだけを考えれば、運がよかったという言い方で間違っていないだろう。

と。

「……む？」

「お、ようやく主役のお出ましか」

その瞬間、周囲のざわめきが増し、その意識が一斉に同じ方向へと向けられた。

男も同じであり、その呟きから状況を正確に理解していると思われる。

だがその説明をわざわざ求める必要はなかった。

何が起こっているのかは、ソーマにもすぐに分かったからだ。

いや、より正確に言うならば……誰が現れたのかを、と言うべきだろうか。

そう、皆が意識を向けた方向からは、新しい人影が現れたのだ。

しかもそれは、二つである。

そのうちの一つは、ヨーゼフであった。

先ほど別れた時のままの格好で、後ろから続く者の先導をするように、ゆっくりと森の奥から歩いてくる。

ヨーゼフの後ろを歩く者が、勿論もう一つの人影ではあるが……その人物はソーマの知らない者で

あった。

否。

一瞬、知らない者に見えた、と言うべきか。

何故ならば――

「……フェリシア？」

それは間違いなくフェリシアではあったが、纏っている服装が今まで見たことのあるどれとも異なり、それどころかまったく違う印象を与えてくるものだったのである。

上半身には白い小袖と呼ばれるものを身につけ、腰から下に着用しているのは、緋袴《ひばかま》と呼ばれるものだ。

所謂巫女《みこ》装束などと呼ばれるものを纏う白い少女が、そこにはいたのであった。

## 20

巫女装束姿のフェリシアを伴ったヨーゼフは、森の広場にまで歩みを進めたところで、その足を止めた。

森と広場の境で佇み、周囲を眺めると、おもむろにその口が開かれる。

「さて、待たせたな。では早速だが、始めるとしよう」

ヨーゼフ達へと視線を向けていたエルフ達が動き出したのは、その直後だ。

そう言ったヨーゼフ……いや、その後方のフェリシアのもとへと、一斉に集まり始めたのである。

それは今から何かが行われる、ということを悟るには十分な光景ではあったが、逆に言えば分かるのはそれだけだ。

相変わらず詳細を知らされていないソーマの出来ることなぞ、その場で首を傾げることだけであった。

「ふむ……」

それでもその光景を眺め続けていると、大体何をしようとしているのかぐらいは分かる。

集まったエルフ達は一列に並ぶと、先頭の者から順にフェリシアの目の前で膝をつき、両手を組み始めたのだ。

その光景はまるで——

「祈りを捧げているみたいな感じであるな……」

「みたいなってか、そのままだがな。まあ祈ってるっていうか、願ってるって言ったほうが近いのかもしれんが」

「お……？」

完全に独り言のつもりだったのだが、返ってきた言葉に視線を向ける。

声がした時点で分かってはいたが、そこには変わらず男が座っていた。

てっきり男もあそこに並びに行ったのかと思ったのだが、行っていなかったらしい。

「ふむ……汝は行かんでいいのであるか？」

「完全に出遅れちまったからな。今からだと並ぼうが並ぶまいが同じことだろ？　ならここでゆっくりして、人が減ってきてから行くさ。ま、それにお客人を放っておくわけにもいかんだろうしな」

「そうであるか……では折角であるし、幾つか質問をしてもいいであるか？」

「ああ、構わねえぜ。人が減るまで結構時間かかるだろうしな」

「助かるのである。では、そうであるな……」

何から聞くべきだろうかと思いながら、フェリシア達の方へと一度視線を向ける。

この後で本人達から聞かされるのかもしれないが……とりあえずは、気になっていることから聞けばいいだろう。

「結局のところ、アレは何をしているのである？　願っている、とか言っていたであるが」

「基本的にはさっき言ったことと同じだな。森神様に感謝と祈りを捧げるための祭り、それの……まあ、準備段階に入った、ってとこか？　まだその一歩目ってとこだがな」

「森神様とやらに祈りを捧げる祭りの準備で、他の者に何かを願うのであるか？」

「あー、んー、それはだな……何つったもんか……」

「ああ、言えないようなことなら、無理に言わなくてもいいであるぞ？」

「いや、そういうわけじゃねえんだが……」

男はフェリシア達に視線を向けながら腕を組むと、うんうんと唸《うな》り始めた。

排他的だということもあるし、エルフには確か掟《おきて》なども存在していたはずだ。

そういったものに引っかかるのであれば、半ば興味本位でしかないため、教えられなくとも問題はないのだが……どうやら本当にそういうことではないらしい。

男は頭を掻き、溜息を吐き出すと、その理由を語り始めた。

「あー、駄目だな。分かりやすく簡潔に説明しようかと思ったが、俺の頭じゃ無理そうだ。ちと説明が長くなっちまうが、構わねえか？」

「我輩から聞いたことであるし、問題はないのである」

「んじゃ、まずはそうだな……皆が祈りを捧げてるあいつ……あの娘は、さっきも言ったように今回の祭りの主役だ。何せ森神様の巫女として選ばれたわけだからな」

「巫女……？」

巫女装束を着ているのだからもしやとは思ったが、どうやら本当に巫女であったようだ。

だが――

「巫女とは……あの巫女であるか？」

「少なくとも俺は、巫女って言ったら一つしか知らねえな」

「しかしあれは聖都にしかいないはず……いや、なるほど……？」

この世界での巫女とは、神と人を繋ぐものであり、人と神を繋げるものである。

少なくともソーマの知る巫女とはそういった存在であり、時には神の使徒などとも呼ばれると聞く。

要するに神に従い、神の声を人々に届け、また人々の声を神に届ける役目を負った者のことだ。

巫女は常に一人しか存在しておらず、その巫女が死んだ場合は別の者にその役目は引き継がれる。

そしてその性質上、巫女は聖都にしかいない。

聖都は聖神教の総本山であり、巫女は神の代理人とも呼べる存在であることを考えれば当然のことだろう。

もっとも厳密には巫女とは昔の呼び方であり、今は聖人だか聖女だかと呼ぶらしいが……それが聖都にしかいないことは間違いのないことだ。

とはいえ、巫女が聖都にしかいないのは、現存している神が聖神教の崇めている女神一柱のみだからでもある。

つまりは、他にも神がいるのであれば、巫女が他に存在していてもおかしくはないのだ。

仕えている先が異なっている、というだけなのだから。

しかし。

「……ちなみに、巫女として選ばれた、とさっき言っていたであるが、それは誰に選ばれたのである？」

「あん？　そんなの、族長に決まってんだろ？　族長は祭司としての役割も担ってんだからな」

「ふむ……やはりそうであるか」

そこでソーマが納得したのは、これで森神とやらが本当の神ではないという確信が深まったからである。

何故ならば、巫女は神自身が選ぶものだからだ。

そもそもだからこそ、巫女は神の代理人として扱われるのである。

もっとも、そのことは別に秘された事実というわけではない。

むしろ広く伝えられていることだ。

巫女がどんなものなのかを知っている人物が、それを知らないとは考えにくい。

となると――

「……ま、とりあえずそれはいいであるか。それよりも……ということは、あれがつまり神へと自分達の声を届けるための祈り、であるか？　それにしては、誰一人として言葉を口にしていないように見えるのであるが……」

こうして話している間にも何人か祈りを上げ終わり、元の場所へと戻っていく者がいた。

だがその全てが、本当に祈るだけなのだ。

何を祈ったのかを口に出していないのである。

「巫女になると読心系スキルを覚える、ということは寡聞にして知らないわけであるが……」

「いや、巫女も何を祈られたのかなんて分からねえらしいぞ？　でも巫女に向かって祈ることで、確かにそれは森神様に伝わるそうだ。……ま、そう言われてるってだけで、昔は本当に心を読めてたのかもしれねえけどな」

「ああ、その可能性は有り得そうであるな」

この世界の神は、どちらかと言えば管理者側だそうだ。

創造主ではないということであり、そのために権限は限定的で、全知全能とは程遠い。

自身に向けられた全ての祈りを聞き届けるようなことなど不可能だ、ということである。

まあだからこそ巫女などというものがいるのであり、聖神教の崇めている女神でさえそうなのだ。

ましてや森神と呼ばれているだけのものなら尚更である。

祈った内容を知ることが出来たと考えるのが自然だろう。

あるいは、最初から祈ったことの全てが叶うとはされていなかった、とかだろうか。

それならば、祈りの内容などを知る必要はないからだ。

とはいえまったく叶わないとなると、そもそもこんなことをする意味は、などということになってしまうわけだが——

「ま、どうでもいいことであるか」

「だな。そもそも昔はどうあれ、どうせ今、俺達が祈ることなんて一つしかねえしな」

「そうなのであるか……？」

「というか、そもそもそれこそが、こんな祭りを数百年ぶりにやろうとしてる理由だからな」

「ふむ……なるほど」

どうして数百年ぶりに祭りをやることとなったのかと思ったが、単純にその必要が出てきたからなのか。

まあそのことは、半ば予想出来ていたことでもあるが。

「その理由というのは聞いても構わないのであるか？」

「別に構わねえっつーか……そうか、お客人には分からねえか。常に森と共にいる俺達からすればすぐに分かるようなものなんだが……まあ、常の状態が分からなきゃ当然っちゃあ当然だな」

「何がである……？」

その問いに、男は一度口をつぐんだ。

その様子はどことなく、何かに怯えているようにも見え——

「……この森から今、物騒な、とても恐ろしい気配がしてるのを、感じねえか？」

「ふむ……まあ、感じるか感じないかで言えば、確かに感じるであるな」

それを恐ろしいと思うかどうかはそれぞれの感性によるだろうが、何らかの巨大な気配を感じていたのは事実である。

おそらくはこれが件の存在なのだろうとは、話を聞きながら思っていたことでもあるが……そんなことを思っていると、こちらが何を考えているのかを理解したのだろう。

男が一つ頷いた。

「ああ、そうだ……それこそが、森神様だ。俺達はそんな森神様を鎮めるために、この祭りをやることにしたんだよ。数百年前と同じように、な」

そう言葉を口にした男は、やはり怯えているようにしか見えなかった。

しかしソーマはそこで、首を傾げる。

「気を悪くしたらすまんのであるが……そこまで怯えるようなことであるか？」

「そうだな……それも多分、お客人がこの森のことを知らないからだ。この森に古くから住み、その力を借りている俺達には、よく分かるのさ。森神様の力はこんなもんじゃなく……俺達なんて気紛れ一つで滅ぼせるような存在なんだって、な」

「ふむ……」

強大な力を持つ存在を崇める場合、それがどれほどのものかを知れば、同時に畏怖するのも当然のことではある。

しかしそう語った男の顔には、それ以外の感情も含まれているような気がした。

それはまるで――

「っと、悪い、そろそろ行かねえと皆の祈りが終わっちまいそうだ。暇つぶしに付き合ってくれて助かったぜ」

「それはむしろこっちの台詞な気がするであるがな」

少し慌てたような様子でフェリシアのもとへと向かっていく男を、肩をすくめて見送りながら、ソーマはさてと呟く。

これからどうしたものか。

さすがに連れてきておきながらずっと放置ということはないだろうが、いつまで待っていればいいのか不明な上に、手持ち無沙汰すぎる。

まさかソーマもあそこに行って祈るわけにもいくまい。

「……いや、あるいはそれもありであるか？　ついでにどうすればいいのかも聞けそうであるしな」

一瞬本気で実行するか悩み、だが結局やめた。

ソーマはここに連れてこられただけの部外者だ。

必要であれば祈るのもやぶさかではないが、数百年ぶりの祭りを邪魔しかねないようなことは迂闊にすべきではないだろう。

男に聞けたのも、あくまでも概要的なものだけである。

しかも、それが本当に正しいのかすらも判別出来ない状況なのだ。

尚更余計なことはすべきではなかった。

「ふむ、とはいえ……」

これ以上の話を聞くにしても、先ほどの男のように都合よく話しかけてきてくれるものがそうそういるわけもない。

さらには軽く周囲を見回してみれば、祈り終えた者達は元の場所に戻ると、酒盛りを再開するでもなく、ジッと何かを待つかのようにフェリシア達の方を眺めていた。

さすがにあの雰囲気のところに邪魔をしにいくわけにはいかないだろう。

と、そんなことを考えていると、ちょうど先ほどの男の番となったようである。

フェリシアの目の前で地面に膝をつき、両手を組んで祈る男の姿が見えた。

その光景はとても真摯なものに見え、先ほど大きく口を開けながら笑っていたのが信じられないほどである。

それでもそんな祈りは数秒で終わり、立ち上がり振り向くと、向こうもこっちが見ていたのに気付いたようだ。

変なところを見られた、とばかりに苦笑を浮かべたので、ソーマは肩をすくめて返しておいた。

そしてどうやら男が最後であったらしい。

列は完全に途切れ、何かを耐えるようにジッと俯いていたフェリシアは顔を上げると、一つ息を吐き出し――目が合った。

「……っ」

その瞬間、目をそらされ、ソーマは首を傾げる。

ソーマが見ていることなど分かりきっていたことだろうし……それに、それは恥ずかしがっているというよりは、悪戯を見つかった子供のように見えたのだ。

いや……あるいはどちらかと言うならば、悪戯をした子供が、それを悟られないよう隠している、といったところだろうか。

「ふむ……」

だがそれ以上フェリシアの観察を続けることは出来なかった。

それよりも先にヨーゼフが動き、場が動いたからだ。

「よし、全員巫女に祈りを預けたな？　では、次の儀式へと移行する」

そこでヨーゼフはソーマのことを一瞥したものの、何も言わなかったことから、やはりソーマは参加しなくてよかったようだ。

とはいえ相変わらず何も言われることなく、ただその儀式とやらが進行していく。

何も言われなかったのは他の者達もだが、数百年ぶりのことでもエルフ達が迷いなく動けているのは、事前に聞かされていたからなのだろう。

まあ結局ソーマは何をしていいのか分からない、ということに変わりはないのだが――

「というか、今度は何をしているのである……？」

先ほどのことは終わったはずなのに、エルフ達はまた列を作り始めたのだ。

ただし先ほどと違うのは、その手に皆何かを持っていることだろうか。

遠目からではよく分からないが、どうもそれは皆それぞれ異なるもののようだ。

ナイフのようなものを持っている者がいれば、貝殻のようなものを持っている者もいる。

さらに毛皮のようなものを持っている者がいたり、弓を持っている者がいたりと、そこに統一感はない。

そしてフェリシアの前へと進み出た者は、それをフェリシアへと渡すのだ。

それはまるで――

「献上品でも渡しているようであるな」

「まあ、そうだな、ある意味じゃ間違ってねえか。厳密には捧げものだがな」

「む？」

声に視線を向けてみれば、そこにいたのはまたあの男であった。

てっきり別の場所に行ったものかと思っていたら、何故かここに戻ってきたらしい。

「ふむ……もしかしてボッチなのであるか？　それで先ほども我輩に声を……？」

「誰がボッチだっつの。さすがにお客人を放っておくわけにはいかねえだろ？　他のやつに任せようにも、あいつらはちと警戒心が先立ってるみてえだしな」

「まあ、むしろそれが普通であろうしな」

「ま、だから俺が引き続き、お客人の相手をすることになったってわけだ」

「なった、ということは話し合いでもしたのであるか？」

確かに直接戻ってきたにしては、僅かに間があった。

だからこそソーマは、男が別の場所に行ったのだろうと思ってもいたのだが……。

「どっちかってーと頼まれた、って感じだがな」

「頼まれた……？　誰にである？」

「族長からだ。さっきちらっとだがな」

「ふむ……」

族長、というのはヨーゼフのことだろう。

そのやり取りがあったのは、先ほどフェリシアに気を取られていた間か。

なるほど、ああしてやることがあるようだし、その間のことを誰かに頼むのは普通だ。

ただ――

「ちなみに、他には何か言われていないのであるか？」

「ん？　ああ、あと、今夜泊めてやってくれとも言われたな。お客人、まだ今日泊まるとこ決まってねえんだろ？」

「ふむ……それは確かに助かるのであるが……」

他に言伝《ことづて》などはないようであり、それはつまり、ヨーゼフ達からの直接の説明はないということだろうか。

……いや、泊まる場所を提供してくれたということも考えれば、まだそう思うのは早計だ。

そもそうであれば、ソーマをここに留めておく必要がない。

ということは、どこかのタイミングで直接会うことがあるのだろう。

色々と疑問はあるし、聞きたいこともあるのだが、ならばその時に言えば済む話だ。

今は大人しく儀式とやらを眺めながら、その時を待つとしよう。

「……ま、いざとなれば直接乗り込めばいいだけのことであるしな」

「おい、今なんか物騒な呟きが聞こえた気がしたんだが？」

「気のせいであろう。それよりも、捧げものとは、つまりあれはどういうことなのである？」

「どう考えても気のせいじゃなかったが……まあいいか。そうだな、捧げもの、ってのは――」

それまではこうして暇を潰していればいいだろうと、ソーマはフェリシア達へと視線を向けつつ、男が語り出す言葉に耳を傾けるのであった。

## 21

捧げものとは要するに、自分にとって大切な物を、文字通りに捧げる儀式であるらしい。

ただし捧げる対象は巫女ではなく、森神だ。

巫女はあくまでもその橋渡し役であり、仲介役にすぎない。

もっともこの儀式に関しては、今回初めて行うものであるようだ。

数百年前には行われておらず、今回のためにわざわざ新しく儀式を追加したらしい。

とはいえ、どちらかと言えばこちらの方が正当ではあるだろう。

願いを叶えるために、代償を支払う。

それは、どこかでも聞いたことのあるような話でもあり――

「ふむ……それで今度は、何をしているのである？」

そんなことを話している間に、儀式はさらに次の段階へと進んでいた。

ソーマは今回も何もしていないが、やはり何も言われることはない。

男はきちんと最後に何かを捧げていたが、今回はそのままソーマのところへと戻ってきて……そのすぐあとに、あれが行われ始めたのだ。

それを何といえばいいのか、口で説明するのは難しいのだが……何だろうか、ソーマの記憶にある中で最も近いのは、飲み会の場でのお偉いさんへの挨拶、といったところか。

勿論この場合でのお偉いさんはフェリシアであり、挨拶をしているのはエルフ達だ。

要するにエルフ達はフェリシアへとお酌をしながら、何事かを話しているのであった。

しかも先ほどの儀式も、その前のものも、一人あたりの所要時間は数秒程度だったが、今回は一人一人がやたらと長い。

最短でも一人一分はかかっているだろう。

本当に、何をしているのだろうか。

「あー、何つったか。最初の儀式で祈りを、次の儀式で代償を捧げ、この儀式で以《もっ》て心を森神様へと伝えてもらう、とかだったか？　確か族長はそんな風に言ってたはずだ」

「心を……？」

「ああ。で、さすがにそれはすぐには無理だからな。その心を理解するためにも、ああして実際に話し合う必要があるんだとよ」

「ふむ……話し声が聞こえないのは結界でも張ってあるのであるか？」

「らしいな。心をちゃんと伝えるためには、他の人には聞かせられないような話をするかもしれないから、とかだったか？　ま、とりあえず俺達にされた説明はそんなんだ。っと、ああそれと、そうだ、今回はお客人に族長から言伝があるぜ？」

「ほぅ……？」

てっきり今回もまた何もないものとばかり思っていたが……いや、考えてみれば、ここまでの間にそれなりに時間は経過している。

それと今回の一人あたりにかかるだろう時間と、残りの人数を考えれば、全員が終わる頃には夜になっているだろう。

いつまでこの儀式とやらが続くのかは分からないが……ならばここで何らかの指令があるのは、そう不思議なことでもなかった。

「して、その内容は？」

「ああ……今回の儀式に関しては、お客人も参加してくれ、だとよ。一番最後に、だがな」

「ふむ……？」

それそのものに関しては、別段問題はない。

だから気になったのは、そんなことをしようとする意図だ。

とはいえ、考えたところで分かるものでもなく、断る理由もない。

少しだけ考えてみたあとに、結局頷いた。

「気になることはあるものの、そこは直接聞けばいいだけであるな。了解なのである」

「ま、つってもそれまでにゃしばらく時間はかかりそうだがな」

「で、あるな」

視線の先では、未だ沢山のエルフが列を作っている。

ソーマは男と顔を見合わせると、苦笑を浮かべながら肩をすくめた。

†

気が付けば、そろそろ夜の帳が下りようかという時刻であった。

開けた場所とはいえ、周囲に立っている樹があまりに高すぎるせいだろう。

頭上は枝や葉によって覆われ、日の光はあまり届かない。

それでも隙間から多少空の色は見え、それが少しずつ黒へと近付き始めていた。

目の前で男の番が終わり、ソーマの番が回ってきたのは、ちょうどその頃のことだ。

「ふむ……」

男と入れ代わるように前に進み出れば、一瞬だけ僅かな違和感を覚える。

結界内に入ったという、その証だ。

そうしてその場を見回してみれば、そこには当然フェリシアとヨーゼフの姿がある。

ヨーゼフの顔に浮かんでいるのは、相変わらずの仏頂面だ。

未だ数度しかヨーゼフの顔を見てはいないが、その全ての機会に浮かんでいた表情である。

相変わらずと言ってしまっても構わないだろう。

そしてフェリシアの方は――

「何というか……やはり違和感覚えるであるなぁ……」

「え……？　その……変、でしょうか？」

「貴様っ……似合っていないとでも言うつもりか……？」

「いや、そういう意味ではなく、単純に見慣れない、という意味であるぞ？　印象も大分変わるであるしな。むしろどちらかと言えば、似合っていると思うのである」

魔女から巫女へと変わり、印象が違うというよりは、別人と言われた方がしっくりと来るほどの変化であるが、似合っているというのはお世辞ではない。

白い髪に赤い瞳というのは、白と赤を纏った姿に、驚くほどよく映えている。

元の顔立ちがいいというのも勿論あるだろうが、こちらが本来の格好だと言われても素直に納得出来るほど、それはよく似合っていた。

「そ、そうですか……それは、その……あ、ありがとうございます」

「……貴様っ」

ところで、何故褒めたというのにそこの男は仏頂面をさらに加速させているのか。

そもそも先ほどもそうだが、そこには僅かに怒りのようなものも見え隠れしている。

だがヨーゼフとフェリシアは、エルフの族長とそれに匿われている魔女というだけの関係だ。怒りを覚える理由はないはずである。

だというのに何故……などと、ふと思い浮かんだくだらないことを、肩をすくめて流す。

直接聞いたわけではないが、何となく推測は出来ているからだ。

ならば敢えて聞く必要はなく、大体ここに来たのはそんなことを聞くためではないのである。

「それで、我輩は何のために呼ばれたのである？　まさか我輩も儀式とやらに参加させるためではないのであろう？」

そう問いかければ、ヨーゼフもそれを思い出したようだ。

僅かにあった怒気が完全に引っ込み、元の仏頂面だけがそこに浮かぶ。

気を取り直すように一度鼻を鳴らしてから、その口が開かれた。

「ふんっ、そのつもりならば最初から参加させている。だがこれは我らエルフのためのものだ。余所《よそ》者《もの》の貴様が関わることではない」

「ま、であろうな。では、どうしてである？」

「ふんっ、勿論貴様に今回のことについて話すためよ。もっともオレは、別に詳細を知らせる必要はないと思ったのだが……」

「後で説明する、という旨のことを言ってしまいましたからね。ならばきちんと説明するのが、筋というものです」

「……ふんっ」

面白くなさそうに鼻を鳴らすが、ヨーゼフにも一応説明するつもりはあるようだ。

何を話すべきか考えるように視線を上に向け——

「とはいえ、これは我らエルフの秘中の秘にも関わってくることだ。詳細と言っても限りがあるが……まあ、今回のことは簡単に言ってしまえば、我らの神である森神様を鎮めるための儀式を行なおうとしている、といったところだ」

「ふむ……そのためにフェリシアの力を借りる必要があった、と？　……フェリシアは魔女なのに、であるか？」

その言葉を口にした瞬間、ヨーゼフの視線がこちらに向けられ、その目が細められた。

しかしそこにあったのは、おそらく怒気などの類ではない。

もっと別の何かだ。

だがそれを確かめる前に、ヨーゼフの瞼《まぶた》が閉じられた。

それから、溜息が吐き出される。

「……そうだ。貴様には実感出来ないだろうが、これは我らが種の存続に関わる問題だ。だからこそ、どんな手でも使う必要があった。ふんっ……勿論このことは、オレとしても不本意だ。本来であればこれは、オレ達のみで解決すべき問題なのだからな」

「まあそこら辺はどうでもいいのであるが……ならば最初からそう言っておけばよかった気がするの

であるが？　そうすれば、わざわざこうして時間を取る必要もなかったであろうに」

「ふんっ……それで貴様が素直に納得した、とでも言うつもりか？　その可能性は低いと見たからこそ後回しにしたのだ。貴様が今、オレの言葉を素直に受け取っているのは、こうして儀式が行なわれてるのを目にしたからだろう？」

「ふむ……」

確かに言われてみれば、その通りかもしれなかった。

儀式そのものというよりは、そこでのエルフ達の様子や、あの男から聞いた話がなければ、ここまでスムーズに納得はしていなかったかもしれない。

「なるほど……結果的にもっと時間がかかっていた可能性があった、ということであるか」

「ふんっ、そういうことだ。元より時間に余裕がなかった、というのも理由の一つではあるがな」

それも確かに、納得のいく話だ。

今の時点で既にほぼ夜なのである。

ソーマへの説明に時間をかけていたら、さらに遅くなっていたのはほぼ確実だろう。

「ふむ……それに関してはとりあえず納得出来たのであるが、ところで、一つ聞いてもいいであるか？」

「……なんだ？」

「本当に我輩を何もせずこの森から出していいのであるか？」

それは下手をすれば、致命的な問題となることのはずだ。

ソーマにそのつもりはないが、エルフが魔女を匿っていた、などということがどこかに知られたら、種の存続すら危うくなるのである。

そんな危険な要素を野放しになど、普通は出来まい。

「ふんっ……それがコレとの約束だからな。我らは約束は守る。絶対にな。それに仮に貴様が何かを言いふらしたところで、何の問題もない」

「それはどういうことである？」

「今回のことが無事に終わればコレを放逐するということは貴様も聞いているな？　そうなれば、ここには魔女はいないのだから、どうとでもやりようはある。我らはエルフだぞ？　この森の中であれば、その痕跡程度完璧に隠し切ってみせよう」

それが過信だとは言い切れなかった。

実際のところ、今まで魔女がここに匿われているということは周囲にはまったく知られていなかったのだ。

ならば痕跡を隠し通すぐらい、出来るのだろう。

問題があるとすれば――

「そもそも、本当に魔女を放逐してしまっていいのであるか？」

「ふんっ……今回のことにはそれだけの価値があるということだ。確かに惜しいが、魔女を惜しんで種が滅んでは本末転倒だからな。それに貴様も聞いたことがあるのではないか？　我らエルフは嘘を吐くことが出来ない。である以上、今言ったことは全て真実だ」

「ふむ……」

そこでフェリシアへと視線を向けると、真っ直ぐに見つめ返された。

その瞳は真摯なものであり、少なくともソーマはそこに、フェリシア以外の意思を感じることは出来ない。

言わされている、ということはなさそうだ。

「間違いないのであるか？」

それでも念のために確認してみると、はっきりと頷き返された。

「はい、間違いありません。……それと、申し訳ありません」

「ふむ？　それは何に対しての謝罪である？」

「手伝うと言ってくれましたのに、その必要はやはりないということに、です」

「それはまだ分からん気がするのであるが……それとも、これでもう儀式とやらは終わりなのであるか？」

「いや、今やっているのは儀式は儀式でも、その準備段階のものだ。儀式の本番は、明後日に行なう。もっとも、貴様の手助けが必要ないというのは事実だがな」

「魔女の手を借りなければならないほどのことなのであろう？　ならば手は多いに越したことはないと思うのであるが？」

「ふんっ、だから言っただろう？　それで何とかなるのならば、我らだけで何とかしていた、とな。いや、むしろこう言うべきか？　魔女以外の手は邪魔でしかない、と」

そう言ったヨーゼフは変わらずの仏頂面であり、フェリシアもまた真っ直ぐにこちらを見つめ続けている。

そして。

「そういうことです。……それと、もう一つ謝罪を。あなたには沢山の借りがありますが、どうやらそれは返せそうにもありません」

「だから借りがあるのは我輩の方なのであるが……それはともかく、それはどういう意味である？」

「意味も何も、そのままです。あなたとは、ここでお別れとなるのですから。……ソーマさん、今まで本当にありがとうございました」

そのままフェリシアは、そんな言葉を告げてきたのであった。

## 22

一時は騒がしいほどであった広場であったが、今はその残滓《ざんし》すらも残ってはいなかった。

今そこに残っているのは、ソーマと男の二人だけである。

今日の儀式は先ほどので本当に終わりだったらしく、皆は既に解散していた。

ソーマがフェリシアに別れを告げられてから、さほど時間は経っていない。

あのすぐ後にヨーゼフが終了の旨を告げると、エルフ達は素直にそれに従い、即座に撤収を始めたのだ。

直前に聞かされた話を反芻《はんすう》していたソーマと、それに付き従うかのような男だけがその場には残され――

「さて、んじゃ俺達も行くか。ここに残ってたところで意味はねえしな」

「ふむ……了解なのである」

そこでソーマが頷いたのは、その時点で思考し終わっていたからだ。

元より反芻すべき内容がそれほど多くはなかったこともあり、移動することにも異論はない。

そもそも直前に聞かされた話というのは、つまりフェリシアがソーマに別れを告げた理由であった。

とはいえ、内容が多くないと言った通り、それはそう複雑なことでもない。

端的に言ってしまうのであれば、それはエルフの掟によるものであった。

その掟によって、ソーマはここに留まることが出来ない、ということであるらしい。

これはヨーゼフが言ったことではあるが、エルフが排他的なのは、彼らの性格以上に掟によるところが大きいそうだ。

何でもその掟によれば、例外を除き、エルフ以外の者はこの森に入れてはならないらしい。

それが排他的な状況に拍車をかけているとか。

ソーマが今ここに居ることが出来るのは、その例外に該当するからだ。

しかしフェリシアがソーマの力を必要としないと判断した以上、その例外が通用するのも今日までとなる。

あくまでもソーマは、フェリシアがその力を必要とするかもしれないから、という建前で例外としてここに招き入れた、ということらしく、例外となる条件を満たせなくなればそこから弾かれるのは道理だ。

一応次の日の朝までは追い出すことはないらしいが……そこまで、とのことである。

もっとも、それは言ってしまえば、エルフが勝手に言っていることだ。

ソーマがそれに従う義理があるかと言えば、正直ない。

ない、が……かといって問題なのは、それに従わない理由があるかどうか、ということだろう。

「理不尽と言えば理不尽ではあるが、それを理由にして聞き入れないというのもちとあれであるしなぁ……」

「あん？　ああ、お客人が明日になったら追い出されることについてか？　まあ、お客人の立場からすりゃあ確かに理不尽ではあるんだろうが……出来れば素直に従って欲しいとこだな」

「それは掟だから、であるか？」

「それもあるが、今は大事な儀式の真っ最中だからな。特に明日になると、色々と面倒くさいことになっちまうしよ」

「ああ、本番は明後日ということであるし、明日も何かする、ということであるか……」

「何かする、っていや確かにするんだが、どっちかってーと……っと、その話をする前に、着いたぜ。ここが俺の家だ」

話をしながらも、二人は森の中を歩いており、男はそんなことを言いながら足を止めた。

だがソーマも足を止め、周囲を見回してみるが、家らしいものは何処にもない。

そこにあるのは、ただの幹の太い巨大な樹木だけであり――

「……いや、そういえば、エルフは木の上に家を作り、そこに住むのであったか」

「そういうこった。そもそも地面に降りることそのものが珍しいし、あの広場だって年に一回使うかどうか、ぐらいだしな。ともあれ、ちと待ってくれ。うちはそこまで上にはねえが、それでもそこそこの高さにはあるからな。今、魔法で運ぶ準備をしちまうからよ」

そう言われ、視線を上に向けてみれば、うっすらと家の影のようなものが見えた。

確かにそれほどではないが、それなりの高さにはあるようだ。

しかし。

「いや、その必要はないのである。あのぐらいの高さであれば、普通に行けるであるしな」

†

樹木の上に建てられた家だというからどんなものなのかと思えば、思ったよりも内部は普通なようであった。

外観もそうであったが、内装もフェリシアのところで見たのと似通っており、これがエルフの家の一般的なものなのかもしれない。

枝の上に乗っているだけにも見えたため、若干そこだけは不安ではあったものの、思ったよりも安定しているようだ。

明らかに外見と内部の広さが見合っていないことも合わせて考えれば、おそらくは魔法が使われているのだろう。

学院のような場所はともかく、個人の家に魔法が使われることは、その維持が大変なこともあって滅多にないのだが……さすがはエルフといったところか。

「……お客人も魔法を使えるのかと思ったら、随分と予想外のことをしてくれたもんだ」

そうして失礼だとは思いつつも、興味深く家の内部を見学していたら、ふと男からそんな言葉をかけられた。

それはどことなく呆れを含んだ言葉のように聞こえ、ソーマは首を傾げる。

はて、別に変なことをした記憶はないのだが。

ソーマは極一般的な手段でここまでやってきたにすぎないのだ。

いや、あるいは、エルフにとってそれは本当に予想外のことだったのかもしれない。

確かに魔法を手足のように使うと言われているエルフには、縁のないことだろう。

ソーマがやったことは、ただの木登りでしかないのだが――

「少なくとも俺の知ってる木登りってのは、木に垂直に立って走るってもんじゃねえはずなんだが……ま、いいや。さすがは族長が連れてきた客人ってことか」

「さて、どうであるかな？」

それは特に関係がないような気もする。

半ばただの成り行きだった気もするし。

「成り行きだったとしても、ただの人間をあの族長が連れてくるわけねえさ。ともあれ、っと……さて、家に戻ってきたことだし、続きといくか」

「続き？　何のである？」

「決まってんだろ？　祭りの、だよ」

言うが早いか男は家の奥へと進んでしまい、ソーマもついていくか一瞬迷ったものの、今居るここはリビングのような場所だ。

何をするつもりなのかは分からないが、とりあえずここで待っていた方がいいかと結論付けると、ほぼ同時に男が戻ってきた。

その腕に、中に何が入っているのかが一目で分かるようなビンを抱えて。

「酒、であるか？」

「祭りっていや、これだからな。さっきだってあれが始まる前までは皆飲んでただろ？　って、お客人はそういや飲んでなかったか？」

「何が何だか分かっていなかった、というのもあるが、元よりあまり酒は好きではないであるしな」

というか、そもそもソーマは肉体的には成人前だ。

ラディウスでは酒を飲んで良いのは成人後と定められているし、ここはラディウスではないとはいえ、成人前に酒を飲むのは明らかに身体に悪い。

前世では酒があまり好きではなかった、というのも事実であるため、好んで飲むつもりはなかった。

「そうか、そりゃ勿体ねえが……ま、無理に勧めるもんじゃねえか。折角の祭りなんだから、楽しまなきゃ意味はねえしな」

「ああ、そういえば、それ、少し気になっていたのであるが……楽しんでいいのであるか？」

「あん？　どういう意味だ？」

「いや、先ほどの儀式の準備？　の時は大体皆、静粛にしていた感じであったし、実際今回行われる儀式は森神様とやらを鎮めるためのものなのであろう？　なら騒ぐのはちと違うような気もするのであるが……」

「なんだ、族長からそこまで聞いてたのか。なら確かに少し奇妙に映るかもしれねえが……ま、それはそれ、ってとこか？　どうせ明日は静かにしてなきゃなんねえんだしな。数百年ぶりのことなんだし、今日ぐらいは少し羽目を外したって構わねえだろ？」

「明日……？」

そういえばと、そこで思い出す。

明日も何かをするとか、そういった話をしていた途中であったことに。

「そういやそんな話をしてた途中だったか。ま、つっても大したことじゃねえんだがな。儀式の本番は明後日に行われるから、明日はそのために皆、家の中で祈り続けてなくちゃいけねえのよ。お客人が明日の朝、出て行ってくれなきゃ面倒なことになるってのも、それ絡みだな。何せ何があろうとも、俺達は全員家の中にいなけりゃならねえんだからよ」

「ふむ………家の中でずっと祈り続ける、であるか。それはまた、気が長いというか、珍しい感じであるな」

「俺も変だとは思うが、数百年ぶりに行われることだし、そう決まってるってんだからな。ま、仕方ねえことさ。だからお客人には明日素直に出て行ってもらいてえし、俺も今日ぐらいは楽しくすごしてえ、ってことだ。だが逆にだからこそ、お客人にも今日は楽しんでもらいてえんだがな！　それこそ、嫌なことなんざ全て忘れちまうぐらいに、な！」

そう言って酒を呷《あお》る男は、確かに楽しそうであった。

今を楽しんでいるのだと全身で訴えかけるように、がははと叫び、笑みを浮かべている。

あたかも、そうすることで、自分は今楽しんでいるのだと、自分に言い聞かせているかのように。

そんな男の姿を眺めながら、ソーマは目を細める。

そうして、今日あった色々なことを思い返しながら、小さな溜息を吐き出すのであった。

**23**

木造の壁を、フェリシアは何をするでもなくぼうっと眺めていた。

単純にやることがないのと、ついでに何となくやる気も起こらないからだ。

しかしそうして手持ち無沙汰にしていると、どうしてもつい先ほどのことが思い浮かんでしまう。

先ほど別れを告げたことと、その相手のことを。

あの時語った内容は、嘘ではない。

嘘ではないが……本当かと問われたならば、否と答えるだろう。

あの時彼に――ソーマに告げた言葉は、そういう類のものであった。

だが敢えてそんなことをしたのは、そうした方がいいと思ったからだ。

自惚《うぬぼ》れかもしれないけれど……自分の現状を伝えたら、ソーマは助けようとしてしまう気がしたから。

事実、ソーマは助けてくれると言ってくれて……でもだからこそ、その手を振りほどくことを、あの時に決めたのだ。

自分一人が生き延びるつもりならば、それは不要なことであった。

龍にすら認められたソーマだ。

きっと本当に助けてくれと言えば、ここからフェリシア一人を連れ出すことぐらい、可能だっただろう。

魔女は誰かの願いを対価に呪術を使用するため、その効果を自分自身に及ぼすことは不可能である。

そして呪術が使えなければ、魔女など一般人以下の存在だ。

ここから逃げ出すには、誰かに何とかしてもらうしかなく……ただしそれは、フェリシアが望めばの話である。

そう、結局のところ、問題はそこだった。

フェリシアは、逃げるのを良しとしなかったのである。

自分だけが生き延びるのではなく、皆に生きていて欲しいと思い、その道を選んだ。

それだけのことであった。

父や母が、そうしたように。

と、不意に部屋の扉がノックされた。

相手が誰なのかということは、確認するまでもなく分かる。

その必要は色々な意味でないのに、相変わらず変なところで律儀だと、苦笑を浮かべながら声をかけた。

「どうぞ」

「ふんっ……失礼する」

そうして姿を見せたのは、やはりと言うべきか、見知った顔であった。

エルフという種を束ねる族長であり、またフェリシアの兄でもあるヨーゼフだ。

一通り今日の儀式が終わった後、まだ仕事があると別れたのだが、どうやら終わったらしい。

そんなヨーゼフは一見すると不機嫌とも思えるような顔でこちらを見下ろすと、鼻を鳴らした。

「……元気そうだな」

「そうですね、おかげさまで」

「……それは嫌味か？」

「何故そうなるんですか？　わたしが今元気でいられているのは、真実兄さんが色々と便宜を図ってくれていたからでしょう？　それは今日も例外ではありませんし。ですから今の言葉は、そのままの意味です」

「ふんっ……そうか」

「あれ……？」

そこでフェリシアが疑問の声を漏らし、首を傾げたのは、ヨーゼフがただ頷くだけであったからだ。

今までであれば必ず――

「……なんだ？」

「いえ……兄さんと呼びましたのに、訂正がありませんでしたから」

「ふんっ……事実俺はお前の兄だ。ならば訂正する必要もなかろう。ここには今、俺達兄妹しかいないのだしな」

それを言ったら、いつも会っている時だってそうだったはずなのだが……本当に、相変わらず不器用な人である。

まあ、自分も人のことは言えないのだけれど。

「そうですか……」

「ああ……」

そこで、互いに言葉が途切れた。

沈黙がその場へと訪れ……それでもそれは、悪いものではなかったように思う。

少なくともフェリシアは、嫌ではなかった。

だがヨーゼフは何処となく居心地が悪そうにしており、そのことに小さく口元を緩める。

本当に昔から、何一つ変わっていない。

「それで、その確認のためだけに来たわけではないんですよね？」

そうして話を向けてやれば、ヨーゼフは数度目を瞬いた後で、鼻を鳴らした。

その様子に、フェリシアはさらに口元を緩める。

この癖もまた、変わらないことの一つだ。

確か父達がなくなり、族長を引き受けねばならなくなった時、威厳を出すためにと、何を勘違いしたのかやり始めたのが切っ掛けだったか。

結局出たのは威厳ではなく、無駄に偉そうに見えるだけの態度だったわけだが……もし、当時きちんと指摘していたら今頃どうなっていたのだろう。

「ああ、勿論だ。明日以降の予定の、最終確認のためだ」

しかしそんな思考も、その言葉の前に、一瞬で現実へと引き戻された。

分かっていたことであるし、覚悟していたことでもあるが……やはり、そう簡単には開き直れないらしい。

それでも、ほんの少しの強がりと、何よりも家族を心配させないため、平静を装って頷く。

「はい」

「これから一日かけてお前の身を清め、準備を整えていく。そして明後日に……お前は、死ぬ」

その、ひと欠片も事実を隠さず、直球で不器用な言い方に、自然と笑みが浮かんだ。

本当に、相変わらずすぎる。

そこは素直に、生贄、という言葉を使えばいいのに……我が兄ながら、本当に大丈夫なのだろうかと思うほどであった。

「はい、分かっています」

「…………そうか」

そこで何かを口にしようとしたのか、不自然な形で口が開いたまま止まり、だが結局は頷くだけで閉じられる。

その後で放たれた言葉は、多分今言おうとしたのとは違っていたが、それはそれでフェリシアが驚くには十分なものであった。

「この後、お前に自由はない。だがその分、お前の身は我らが必ず守ると誓おう。そしてその間お前のことを最も身近で守るのがこいつだ。……入れ」

「……ん。……よろしく」

「……え？」

そうして現れたのは、フェリシアにとって見知った顔であった。

実際に会うのは数年ぶりとなるわけだが、忘れてはいない。

忘れるわけがない。

そこにいたのは、自分達の妹であるシーラであったからだ。

「ど、どうしてシーラがここに居るんですか……？　確か、旅に出ていたはずですよね？」

「……ん、ちょうど帰ってきてた」

「本当に、つい先日、な。そのせいで、皆に帰還の挨拶をさせる暇すら与えられていない」

「それはまた……本当に、ピッタリのタイミングでしたね」

もしもう少しだけ帰ってくるのが遅ければ……あるいは早ければ、今回のことは知らずに、関わらずにいられたかもしれないのに。

勿論、妹に会えたことそのものは嬉しい。

だがそれでも……知らない方がよかったのではないかと、そんなことを思うのだ。

「……ん、大丈夫」

しかしそんなこちらの思考を読んだかのように、シーラはこちらを真っ直ぐに見つめていた。

そこには僅かな迷いが浮かんでいるような気もしたが……それでもそこには、強固な意志が存在していた。

「……少し変わりましたか？」

「……そう？」

「はい。昔のシーラでしたら、もう少し迷い、悩んでいたような気がします」

エルフとはいえ、数年も経てば変わるのは当然だ。

しかも、旅に出ていたのならば尚更だろう。

だが、何となくではあるが……それだけではないような気がした。

「……ん、そう見えるなら……多分、彼らのおかげ」

「……そうですか」

普段は表情に乏しいシーラだが、そう語った時、その口元には僅かな笑みが浮かんでいた。

だから、大丈夫だろうと思った。

辛い思いをさせてしまうだろうけれど……そんな風に言える人達と出会えたのならば、きっと。

それは姉としてはとても嬉しいことで、自然と自分の口元にも笑みが浮かぶ。

「ふんっ、その辺のことはこの後で好きなだけ話せばいいだろう。明日からは忙しくなるが、今日ならばまだ時間はあるのだからな」

「え、いいんですか……？」

「ふんっ、明日以降の予定だと言ったはずだ。今日はこれ以上特に予定はない。ならば好きにすごしたところで誰に文句を言われる筋合いもないだろう」

「……そうですか。ありがとうございます」

「……ん、ありがとう」

「……ふんっ」

二人で礼を述べるや、途端に鼻を鳴らし顔を背けた兄の姿に、思わずフェリシア達は顔を見合わせた。

直後に笑みを浮かべ合い、変わらない自分達の関係に胸が温かくなる。

たとえこの後どうなるとしても、今この時間だけは確かなものであった。

「ところでこの後兄さんは、どうするんですか？」

「……ここは俺の家で、帰ってきたんだぞ？　ならば、あとはゆっくりと寛《くつろ》ぐに決まっているだろうが」

「……いつもはもっと遅くまで仕事してたはず？」

「いつの話をしている。数年も経てば効率もよくなっているに決まっているだろう。……まあ、今日は偶然仕事が捗《はかど》り、さらには他の皆も何故か頑張ったからでもあるだろうがな」

「……そうですか」

それはつまり、家族三人ですごすために頑張り、皆も協力してくれた、ということなのだろう。

素直にそう言えばいいだろうに……本当に、不器用な兄だった。

ただ、そのおかげで、どうやら心置きなく去れそうだ。

ちょっとだけ、気にしてはいたのである。

結局家族三人、ゆっくりすごすことはほとんどなかったから。

……そのことが、残された側には重石《おもし》になってしまうのかもしれないけれど。

それぐらいは、大目に見て欲しかった。

ともあれ、これであとは――

「――あ」

「……？　……どうかした？」

「……いえ、気にしないでください。どうでもいいことを思い出しただけですから」

「……そう？」

「はい……」

そう、それは本当に、どうでもいいことだ。

少なくとも、相手にとってはそうに違いなく……あるいは、今まで思ったことの中で、最大級に身勝手なことかもしれない。

ただ、ふと思ったのである。

そういえば……こちらから別れの挨拶はしたけれど、向こうからはまだ別れの挨拶をされていなかったなと。

そんな、身勝手極まりないことを、フェリシアは脳裏を過った少年に対して、思ったのであった。

## 24

その姿を見かけた瞬間、少女は反射的にまず自分の目を疑った。

そこに居るはずのない少年の姿が、そこにあったからである。

「な、なんでアイツがこんなとこに居やがるんです……!?」

樹の陰に隠れながら様子を見るも、他人の空似という可能性はなさそうだった。

だが同時にそれは、有り得ないことだ。

「あそこからここまで、どんだけ離れてると思ってやがるんです……？　まあそりゃ急いで向かってくれば、可能ではあるですが……」

しかし問題は、彼にはそんなことをする理由がない、ということである。

それこそ、今回のことを予《あらかじ》め知ってでもいなければ――

「……いや、それこそありえねえです。状況からいって、今までのはただの偶然っぽいですし……でもなら、つまりこれはどういうことなんです？」

幾らなんでも、タイミングが良すぎる。

今まで影も形もなかったというのに、何故よりにもよってこのタイミングで現れるというのだ。

「……まさか、スパイです？　いや、ですが……」

正直言って、その可能性は考えづらい。

単純に、既にそれを可能とするほどの人材がこちらには残っていないからだ。

組織としての体裁を保つのすら難しい状況なのに、そんなものがいたら一発で分かるだろう。

それにそもそもの話、今回のことは誰にも話していないのである。

スパイのしようがなかった。

となれば、後はもう運としか言いようはなさそうだが――

「何らかの理由でアイツがここに、しかもこのタイミングで来るとか、どんな運のなさなんです……？　……いえ、あるいは――」

――自分が心のどこかで、それを望んでいたからだろうか。

そんなことを一瞬考えてしまい、慌てて首を横に振る。

そんなことはない。

あっていいはずがない。

それはただの気の迷いであり……そもそも、余計なことを考えている場合ではないのだ。

「……偶然ここに迷い込んで、何もせずに帰るって可能性もあるですし。とりあえず、様子を見るですか……」

自分に言い聞かせるようにそう呟くと、少女は森の奥へと進んでいく少年の後を追いかけるのであった。

†

生い茂った森の中を、ソーマは一人歩いていた。

さてどうしたものかと呟くも、それ以外の音はそこにはない。

精々が、風と木々のざわめきぐらいだ。

騒がしいほどであったエルフ達の声は一つたりとも聞こえてこず、また気配すらも感じることはない。

どうやら本当に、全員が家の中に閉じこもっているようだ。

ここからでは分かりづらいものの、とうに日は昇っており、ソーマが外にいるのは、当然のように男の家を後にしたからである。

なのに未だにそこに……エルフの森に留まっている理由は、単純だ。

ソーマには最初からここを出て行くつもりなど、毛頭なかったからであった。

昨日のフェリシアの様子がおかしかったことは、馬鹿でも分かることだ。

ならば話していた内容も、全てが嘘ではなくとも、本当でもないのだろうと予測することは難しいことではない。

いや、フェリシアはともかくとして、少なくともヨーゼフが嘘を吐いていたことだけは、確実だろう。

何故ならば、ソーマはシーラから聞いたことがあるからである。

エルフは嘘を吐かないが、それは掟で決まっているだけであり、嘘を吐けないわけではない、と。

嘘を吐かないのと嘘を吐けないのとは大違いであり、あのヨーゼフがそこを間違えるとも思えない。

少ない会話の中でも、その程度のことを察することは可能だ。

それにシーラは確か、掟には例外も存在していると言っていたはずである。

その内容まではさすがに聞けなかったが……あの時は何らかの理由によりそれに該当していた、ということなのだろう。

「……まあ正直、どうでもいいことではあるがな」

重要なのは、フェリシア達がそんなことをしてまでソーマをここから遠ざけようとした理由である。

掟だというのは、多分事実ではあるのだろう。

しかしどう考えても、それだけではなかった。

それだけでは説明がつかないところが、幾つか存在しているのだ。

そしてそれに関しても、ソーマは何となく察していた。

恐怖を覚えるほど怯える存在に対し、それを崇める者達が取れる手段はそう多くはない。

慰めるなどといったところで、お怒りを静めてくださいませなどと祈って大人しくなってくれるのならば、大袈裟な儀式などというものは必要ないし、そもそも怯えることなどはないのだ。

だからそういった存在に対する手段としては、大雑把に分けてしまえば二つのうちのどちらかとなる。

抗うか、従うかだ。

だがどちらを選ぶにせよ、相手は格上の存在である。

何の代償も払わずどうにかしようなど、楽観的すぎる考えだろう。

そのための魔女だといわれれば、なるほど如何にもそれらしい理由だ。

否……ある意味でそれは、間違いでもないのかもしれない。

儀式とやらの内容を鑑みるまでもなく、魔女は代償と引き換えに何かをするのに、おそらくは最も適した存在である。

ただし問題となるのは、代償は何で、それを以て何をするのか、ということだ。

あの儀式で差し出されたものをそのまま使うのであれば、何の問題もない。

しかしそれならば、あんな大仰な儀式はそもそも必要ないだろう。

今日のこの一日も、まるっきり無駄だ。

いや……無駄だというのならば、昨日の儀式の一番最後のものが、最も無駄であった。

心を伝えるための話し合い？

どう考えてもそれは、ただの建前だ。

そう断言出来るのは、昨日フェリシアと話していた彼らが、儀式を行なう巫女に対するものにしては……そして、魔女に対するものにしては、あまりにも親しげだったからである。

同時に、悲壮感が漂いすぎてもいた。

酒を飲み、騒がなければ、誤魔化せないほどに。

ふとソーマが思い出すのは、昨日男の家に泊まった際、酒を飲み、よく回るようになったその口から語られた、とある少女の話だ。

この森にかつて住んでいた、白い髪を持つ少女の話。

同じ色の髪を持つ母とは離れ、それでも族長だった父と、父と似た兄や妹と暮らし、周囲とも上手くやり……やがて母と暮らすようになってしまったということ。

その数年後に父と母を亡くし、一人となってしまった、そんな少女の話であった。

正確には、兄と妹とは、細々とながらも交流はあったらしいが……その程度のことが慰めとなっていいはずがないと、そんな言葉も思い返し――

「さて……本当にどうしたものであるかな」

語られなかったことは、きっと沢山あるのだろう。

語る必要が、その価値がないと、そう判断されたものが。

まあ、とはいえ。

「結局のところ、やることに違いはないであるか」

だからこそ、こうしてここを歩いているのだ。

フェリシアを捜し……そして――

「……ま、それもこれも、まずはフェリシアのところに辿り着くことが出来れば、の話ではあるが」

呟き、周囲を見回し、溜息を吐き出す。

というのも、ソーマが男の家を出たのは日が出始めてすぐのことだったのだが……今は分かりづらいものの、既に日は中天に届きつつある頃だ。

この森はそれなりに広いようだが、さすがにそれだけの時間があれば隅々まで見て回ることは出来る。

だというのに、ソーマは今の今まで、フェリシアの存在の痕跡を欠片も見つけることが出来なかったのだ。

昨日は確かにあの広場に来ていたにもかかわらず、である。

こうなってくると、可能性としてあるのは幾つもない。

そしてその中で最も可能性が高いのは、ソーマでは辿り着けない場所に居る、というものだ。

例えば、あの魔女の森のような。

もっとも、それが分かったからといって、具体的な解決策は思い浮かばない。

手っ取り早いのは直接誰かに聞くことだが……さすがに聞いたところで教えてはくれないだろう。

エルフは全員家に引き篭もっているはずだし、そもそもソーマは本来既にこの森を出ているはずなのだ。

そんな人間が何を尋ねたところで、相手が応えてくれる道理はない。

それはあの男にしても、同じことだろう。

まあいざとなれば強引にでも聞き出すつもりではあるが、今はまだその時ではない。

儀式の本番は、明日のはずなのだ。

それまではさすがに、下手なことは起こらないだろう。

最終手段は後に取っておくとして、今は一先ず――

「とりあえず怪しそうなところを片っ端から斬ってみるであるか。幾つか目星はついているであるし……まあ、最悪でも半壊はせんであろう。明日、家の外に出てみたら皆びっくりするかもしれんであるが、その程度許容範囲――」

「――なわけねえじゃねえですか⁉　オメエの優先順位はどうなってやがるです⁉」

と、そんなことを呟いていたら、後方からその叫びが聞こえた。

それは聞き覚えのない声であり、振り向いてその姿を確認してみると、やはりそこにいたのは見知らぬ少女だ。

ただし。

「お、見事に釣れたであるな」

「って、あ……っ、ついやっちまったです……って、ん？　釣れた、です……？」

「うむ、後ろから誰かがあとをつけてたのは気付いてたであるからな」

「――なっ」

元より追跡などには向かない場所である。

そんな場所で、少女は割と上手くやっていたと思うし、最初はソーマも気付かなかった。

だが森を歩き回っていれば、ずっとそれを隠し切るのは不可能だ。

それでも放置していたのは目的が分からなかったからであり……今釣り上げたのは、ここから先の方針を決めかねていたからであった。

もっとも正直なところ、先ほどので本当に釣れるとは思っていなかったわけだが。

「くっ……まさかこんな間抜けを晒《さら》すなんて……我ながら馬鹿じゃねえです……!?」

「まあまあ、そんな自分を卑下するものではないであるぞ？　本当に尾行そのものは中々のものだったと思うであるし」

「さらに情けなくなるだけだから余計なフォローはやめろです！」

「そうであるか？　なら率直に聞くであるが――何者である？」

「――っ」

こちらの問いに息を呑んだ少女は、見た目からしてエルフではなかった。

それは髪の色の時点で明らかであり、黒寄りの紫、といったところだろうか。

おそらくは、人類種だ。

まあ、ソーマがここに居るように、かつてはドリスなどもそうであったように、ここにエルフ以外の者が居ることは当然有り得るのだろう。

偶然今日ここを訪れた者が居ないとも、言い切れない。

しかしソーマのことを尾行していた時点で、偶然だと言い切るのは不可能だ。

とはいえソーマ自身、自分の行動が怪しかったという自覚はあるので、それを理由にされたらちょっと困るのだが――

「……はぁ。ま、仕方ねえですか……」

だがそう言って溜息を吐き出すと、少女は特に言い訳をしようとはしなかった。

ただ。

「こっちの身分は言いたくねえから言わねえです。ただその代わり、良いことを一つ教えてやるです」

「良いこと、であるか？」

そうして、何かを諦めたような……同時に何処か清々としたような顔で――

「多分、今オメエが一番知りてえことですよ。明日の儀式が行われる場所。そこへの行き方を教えてやるです」

そんな言葉を口にしたのであった。

## 25

「ふむ……それは確かに知りたいと言えば知りたいであるが、別に一番ではないであるぞ？　出来れば今日中に片をつけたいであるからな」

そう言って返してきたソーマに、少女は苦笑を浮かべた。

多分そう返してくるだろうなという予想そのままだったからだ。

しかしだからこそ、続ける言葉によどみはなかった。

「何の目的でオメエが動いてるのかは知らねえですが、とりあえずそれは止めといた方がいいと思うです。とりあえず儀式を中断するだけならば贄を何とかすればいいだけですが、それだと根本的な解決になってねえですし……そのせいで、アレも納得しねえでしょうしね」

「ふむ……？　どういうことである？」

何故こんなことを喋っているんだろうか、という思いは、当然のようにある。

だがこれは、仕方のないことなのだ。

さすがに何も喋らずに見逃してくれるとは思わないし、何となくでしかないものの、嘘を吐いたところで見破られるという予感もある。

だからこそ、喋れることとなればこれしかない。

そう、だから仕方ないのだと、自分に言い聞かせるようにして心の中で呟きながら、口を開く。

「簡単な話です。別に贄はアレである必要はねえですからね。……これからアイツらが行おうとしてる儀式がどういったものなのかは、もう分かってやがるんですよね？」

「まあおおよそ見当が付いてはいたであるが……その『贄』という言葉で確信した、というところであるかな。むしろそっちが何故それを知ってるのか、という方が気になるであるが？」

それは当然の疑問ではあろうが、肩をすくめて流す。

全てを丁寧に教えてやる義理はないのだ。

「ま、それでですね、確かにアレが居なくなったら困るですが、その場合は別の贄を探して用意するだけです。しかもさすがにアレじゃない場合は今回やろうとしてることは無理でしょうから、定期的に贄が必要となるはずです。もちろん拒むのもありですが、その場合はエルフが滅びるだけですし、誰かが代わりにやることでしょうね。もっとも最終的には変わんねえでしょうけど」

「ふーむ……よく分からんであるが、とりあえずフェリシアを助けるだけでは駄目ということであるか。まあ多分そうだと思っていたというか、フェリシアが逃げれば済むのであれば、ああして素直に従っているはずがないとは思っていたではあるが……ではどうすればいいのである？」

首を傾げているその姿からは、こちらの言葉を疑っている様子は見られなかった。

だからだろう。

余計なことを聞いてしまったのは。

「……自分で言うのもなんですが、こんな如何にも怪しい女の話をまともに聞こうとするなんて、正気です？」

「別に話を聞くだけならばタダであろう？　実際どうするかはその話を聞いてから決めるだけであるし」

「……まあ、別に、構わねえですが」

何というか、どうにも先ほどから調子が狂いっぱなしだった。

そもそも本当に、どうしてこんなことを喋っているのか、という話である。

折角、障害となる可能性があるものを排除しようとしていたのに、このままでは今までの苦労が水の泡だ。

まあそれを言ったら、今まさに目の前に、最大の障害となりそうなものが存在しているのだが。

いや……あるいはそのせいかもしれないと、そんなことを思う。

これがいるのに比べれば、別にアレが生きている程度のことは何の問題にもならないだろう。

そうだ、だからこの場から逃れるのが最優先なのだと、それを果たすために言葉を続ける。

「で、やることそのものは単純です。森神をぶっ潰せばいいだけですから。ただ、後のことを考えると、それだけでもまずいですが」

「うん？　何故である？」

「この森でエルフ達が尋常じゃねえ力が発揮出来るのは、森神のおかげだからです」

「ああ、そういえばそうであったな。そうなると……確かにその場合は、非常にまずいことになりそうであるな」

「それが分かってたから、アイツらは森神を封印してたんですしね」

「うーむ……というかそもそもの話、何故エルフはそれを封印していたのである？　神と呼んで敬っていたのであるよな？　まあ、怯えていたあたりからすると、何となく想像することは出来ているのであるが」

「大体想像通りだと思うですよ？」

神と呼んで敬っていたのは、結果的とはいえ自分達に力を与えてくれていたからだ。

だが同時にそれは、自分達のことを食らう存在でもあったのである。

なのにそこから逃げずに歪《いびつ》な共存関係を続けていたのは、逃げたところで別の種族から搾り取られるだけだからだ。

それを何とかしようと、エルフ達は神とすら呼んでいたものを封印してしまうことにしたのである。

当時の族長達が、自らの命を引き換えにして。

「それが昔の儀式、であるか……まったく、少しは予想から外れててもよさそうなものであるが……。しかし、本当によくそんなこと知っているであるな？」

「……ま、どれだけ隠そうとしたところで、隠せねえもんはあるってだけです。それに知ったところで意味があるかは別ですしね」

今の族長を多少揺さぶることは出来たものの、本当にその程度だ。

しかもそれも、相手が焦っていたから出来たことである。

使った労力に見合うかと言えば、間違いなく見合っていない。

「ふむ……で、結局どうすればいいのである？」

「今までずっと封印されていたわけですから、とりあえずまず間違いなく暴れるとは思うです。だからそこを取り押さえて、言うことを聞かせれば問題はなくなると思うです。ま、当然それが出来ればの話ですがね」

得られた情報によれば、森神は時間経過と共に力を増していくタイプらしい。

それは封印の間も続いているらしく、下手をすればその力は実際に神の力に近いのではないだろうか。

そんな風に単純に強大であることに加え、力の性質としてはおそらく既にこちら側だ。

それこそ魔王でもなければ、従えるのはほぼ不可能だろう。

「なるほど……では、その場所は何処なのである？」

「……本当に分かってるんです？　森神を倒し、従えなければならねえんですよ？」

「と言われても、結局やってみなければどうなるかは分からないであろう？　ま、無理だったら、その時はその時である。さすがに死ぬよりはマシであろうし、その時は大人しくエルフ達には我慢してもらうしかないであるな」

まるで常識を口にしているようなその姿からは、森神など倒せて当たり前だと言っているように見えた。

そんな相手ではないはずなのだが……いや、あるいは確かに彼ならば倒せるのかもしれない。

そして考えてみたら、それはそれで問題なかった。

森神と魔女という不確定要素二つが潰し合ってくれるのが理想ではあったが、そもそも魔女を贄としても森神をどうにか出来るかは不確実だったのである。

ならば森神を倒してくれるというのは、望みこそすれ否定する理由はない。

その代償と考えるならば、魔女が生きていることぐらいは許容範囲内ではないだろうか。

そんなことを考え……そうだ、そのためにここまで色々と話したのだと、自らを納得させた。

「……ま、そこら辺は好きにしたらいいです。こっちの知ったこっちゃねえですし」

「うむ、そうさせてもらうのである。……ところでふと思ったのであるが、今日その森神とやらを倒すのは駄目なのであるか？」

「今はまだ一応封印されてる状態ですからね。それを解くのはエルフにしか出来ねえですから、どうしようもねえです」

止めたのは、それも理由の一つなのだ。

今から行ったところで、彼らを混乱させるのが精々である。

そんなことをしたところで、何の意味もないだろう。

「ふむ、そうであるか……で、その場所というのは何処なのである？」

「この森の中で一際大きい樹があると思うですが、その頂上の空間から繋がった場所があるです。そこにはエルフの族長の家があって、さらにはその場所へと繋がる道もあるです」

つまりは閉じた空間をまずどうにかしなければならないのだが……そのことを敢えて口にすることはなかった。

何となく、目の前の少年はその程度のことなら朝飯前にこなしそうだと思ったからだ。

「要するに、まず族長の家に侵入する必要がある、ということであるか……」

「潜入方法とかは特にねえですから、そこは自分で頑張れです。……じゃ、良いことはもう教え終わったですし、これで失礼するです」

そう言ってその場から立ち去ろうとすると、ソーマが意外そうな顔をした。

それはむしろこちらが首を傾げることであり――

「ふむ？　何か我輩に用があったのではないのであるか？」

「あー……」

確かにそれは、当然の疑問であった。

跡をつけていたのだから、何か用事があると思うのが普通だろう。

もう完全に用事は済んだ気になっていた。

結局何故ソーマがここにいるのか、ということは聞けていないままなのだが……さすがにそれを聞くのは不自然極まりないだろう。

まあ今の今まで完全に忘れていたし、その理由を知るのは諦めるしかなさそうだった。

「まあ、確かに用事はあったんですが、もう必要なくなったから気にしなくていいです」

「そうであるか？　ふむ……まあとりあえず、色々と教えてくれて助かったのである」

「……別に気にする必要はねえです。こっちも思惑あってのことですから」

むしろ本当に、感謝される謂れなどはないのだ。

まったく自分は何をしているんだろうかと、そんなことを思いながら振り向くと。

それから少女は早々に、その場を後にしたのであった。

†

「……む。そういえば、名前を聞くのを忘れていたであるな」

去っていった少女のことを見送りながら、ふとそのことを思い出すも、その時には既に少女の姿は見えなくなっていた。

しかし溜息を一つ吐き出すと、ソーマは一先ずそれを諦める。

「……ま、そのうち会うこともあるであろう」

それは予感であった。

それも、確信に近い。

結局何も言うことはなかったが、あの少女がソーマに用があったのは間違いないのだ。

何のつもりなのかソーマに情報だけを与えて去っていったが……まあ、おそらくは嘘の情報ということはないのだろうし、ありがたく活用させてもらうとしよう。

あとで何があるにせよ、その時はその時だ。

今やるべきことは、別にある。

「さて、一番大きな樹であったか……」

そこはソーマが目をつけていた場所の一つであった。

特に感じるものが大きかったため、最有力としていた場所でもある。

つまり何も教わらなくとも向かっていた可能性は高いが、それと分かっていればまた対応の仕方も異なるのだ。

十分以上に意味はあっただろう。

「とはいえ……」

上手く侵入する方法などは、当然のように思い浮かばない。

襲撃をするだけでいいのであれば自信があるし、それを見つけることに関しても自信はあるのだが、生憎とこっそり侵入するのは自信はないのだ。

いざとなれば正面から突撃するだけではあるが――

「ふむ……まあ、時間は出来たわけであるし、少し考えてみるであるか」

今更収集するような情報もないし、そもそもエルフは全員家の中だ。

あとやることがあるとすれば、もう一度その目的の場所に行ってみることぐらいだろうか。

「行って何があるというわけでもないであるが……」

まああるいは、実際に見ることで何か思いつくかもしれない。

そんなことを思いながら、ソーマは移動を開始した。

エルフの森に存在している樹木はそれこそ数え切れないほどあるが、それでもそれのことをはっきりと覚えていたのは、目星をつけていたのもあるが、単純に分かりやすかったからだ。

一目で他のものとは違うと分かるほどの大きさであり……何よりも、それが立っていたのはちょうど森の真ん中と思われる位置だったのである。

それを忘れるわけがない。

ともあれそうして森の中心部へと向かえば、やはりそれは一目で分かった。

近付かずともその威容ははっきりと目に映るが、近付けばさらに圧倒的な存在感を覚える。

森と言えばソーマの中で最も馴染み深いのは魔の森であるが、あそこにあったどの樹木と比べてさえ圧倒的だ。

見上げれば首が痛くなるほどであり、太さは大人が数人がかりで手を繋いでやっと一周出来るといったところだろう。

本当に大きく、雄大な樹であった。

登ってる最中に落ちたら大変そうだが、大きいだけあって足をかけられそうな場所も沢山ある。

とりあえず上に行くだけならば支障はなさそうだ。

「問題は潜入の方法であるが……」

というか、考えてみたら、ソーマが空間が繋がった先に行くには剣で斬るしかないわけだが、その時点でバレバレではないだろうか。

かといって他には方法などないし……他のエルフに協力してもらうのは、なしだろう。

「うーむ……ま、これはもう、なるようになれ、と言うしかないであるかな」

そもそも、別にこっそりと向かう必要はないのではないかとすら思えてきた。

明日行われる儀式がどういうものであるかは、先ほどの少女が使った『贄』という言葉で確信している。

あの少女もそれを肯定するようなことを言っていたし、つまりはそういうことなのだろう。

それをぶち壊してフェリシアを攫《さら》い、森神というものまで倒そうというのだから、これはもう細かいことを気にしても仕方ないのではないだろうか。

まあ勿論出来れば邪魔は入らないほうがいいし、余計な被害も出したくはないのだが――

「まあ、大事の前の小事とも言うであるしな。ある程度は仕方ないであろう」

そう考えると、もう開き直ることとした。

何にせよ、全ては明日だ。

どうなるかは分からないが……ソーマに出来ることなど、所詮は一つである。

何が来ようとも斬り捨て、斬り開く。

それだけだと、視線の先の、何もない空間を睨みつけるようにして、ソーマは目を細めるのであった。

## 26

エルフの森──森霊の社の朝は、静謐《せいひつ》と共に訪れた。

顔を見せたばかりの陽の光が、最も高く、大きなその樹の頂上を照らし──瞬間ポツリと、小さな音が響く。

「──我は魔を断つ剣なり」

──剣の理・神殺し・龍殺し・龍神の加護・絶対切断・万魔の剣・一意専心・疾風迅雷・明鏡止水：極技・絶魔の太刀。

直後、その場に響き渡ったのは、ガラスの砕け散ったような音だ。

その音が虚飾ではないと告げるかの如く、そこには歪ながらも巨大な穴が空いている。

残心を解いたソーマはその先を見つめると、その瞳を細めた。

意外と言うべきか、そこに広がっていたのは……否、そこに広がっていたのもまた、森であった。

今立っている場所から見下ろす光景と、瓜二《うりふた》つのものがそこには存在していたのである。

唯一違うと言えるのは、そちらにはこちらと違って、樹の上に大きなログハウスが建てられていることだろう。

正直よくそこに建てられたというか、落ちてしまわないのかと若干不安になるものの、魔法で固定でもしているのかその姿は安定しており、そんな気配は微塵も無い。

そしておそらくそここそが、族長の家であった。

「さて……それでは行くとするであるか」

そこが一体どんな場所であるのか、気にならないと言えば嘘になるが、それよりも今は優先すべきことがある。

一つ息を吐き出すと、ソーマは躊躇することなく穴の向こう側へと、その身を躍らした。

†

その瞬間何が起こったのか、ヨーゼフは咄嗟に理解することが出来なかった。

まるで世界自身が揺さぶられたかのような激しい揺れに、世界の一部が砕け散ったかのような轟音《ごうおん》。

今まで経験したことのないものであり……何が起きたのかをようやく察したのは、それから数秒ほど経った後のことであった。

「っ……まさか、今のは……？」

経験したことがないということは、起こったことがないということだ。

そしてここまで激しいということは。

おそらくは、この場所と向こうとを繋ぐ境が、破壊されたのだ。

だが至った結論に眉をひそめながらも、問題は、その意味が分からない、ということである。

確かにこれから儀式が始まるという大事な時ではあるが……そこを襲って一体誰が得をするというのか。

「……ふんっ。まあ、直接確認すればいい話、か」

本当に儀式をどうこうするのが目的ならば、必ずヨーゼフが今居るここを通ることになる。

ならばその時現れる誰かへと問いかければ済む話だ。

勿論答えが得られるとは限らないし、問答無用でヨーゼフが襲われる可能性もある。

しかし。

「オレの役目は既に終わっている。その時はその時で……まあ、別に構わんだろう」

そう呟くと、ヨーゼフはその場にどっしりと構え、来るべき侵入者を待ち構えるのであった。

†

族長の家は、当然と言うべきかそれなりの広さを誇るようであった。

見た目としては魔女の森にあったフェリシアのそれと大差ないのに、明らかに内部の広さは異なっている。

おそらくはここも、昨晩泊めてくれた男の家と同じように魔法で内部の空間を拡張しているのだろう。

とはいえ、それにしたってここは広すぎであった。

以前にも述べたように、内部の空間を拡張する魔法は言うほど簡単に使えるものではない。

その上で、この拡張率だ。

幾らエルフとはいえ、これを維持するにはかなりの労力を強いられるはずだろう。

こんな場所に家を構えているということは、それを維持しているのは自分自身なのだろうし……魔法の腕前はかなりのものがありそうだ。

そして多分、この先でそんな相手と相対するはずであり――

「……ま、関係ないことであるか」

あまり手荒なことはしたくないが、邪魔をするというのならば容赦はしない。

そんな決意と共に、木造の通路を駆けていく。

ちなみにその足取りに迷いがないのは、ここに来てから明確なほどにその存在のことを感じているからだ。

エルフの森で感じていたものと比べるとかなり強烈になっているが、間違いなく森神のものである。

ならばそれを感じる方向へと向かえばいい、ということだ。

そうして幾度目かの角を曲がり――

「――む」

「……来たか」

そこにあった広間と、立ち塞がるようにしてそこに居た相手に、自然と足が止まった。

「ふんっ、なるほどお前だったか……いや、考えてみれば、お前ぐらいしかありえなかったか」

「ま、そういうことであるな。それで、兄上は何故ここで待ち構えていたのである？」

瞬間、ヨーゼフはピクリと片眉を動かしたが、それ以上の反応はなかった。

若干煽《あお》りのために兄上などと言ったのだが、さすがに族長と言ったところか、それなりに冷静であるらしい。

「ふんっ、何故だと？　そんなものは決まっているだろう。むしろお前こそ、何しに来た？」

「それこそ決まっていると思うであるが？」

「……ふんっ。そうだな……それもそうだ」

互いに無意味な問いかけではあったが、同時にそれは互いの意思を確認するためのものでもあった。

つまるところ、互いは互いの障害だということである。

だがそれが分かっても……相手が魔法の使い手だというのに、ソーマが機先を制するために動かなかったのは、相手から戦意がいまいち感じられなかったからだ。

それを隠せるほどの使い手、というわけでは、おそらくない。

何となくではあるが……それは、迷いのような気がした。

そして右腕を動かそうとしていたヨーゼフは、何を思ったのか、一度右手を見下ろし、握り締めると、すぐに解き、また元のように腕を組む。

と。

「……何の真似である？」

ソーマがそう問いかけたのは、そのままヨーゼフが一歩後ろに下がり、横に退いたからだ。

見たままを語るならば……それは、道を譲ったようにしか見えなかった。

「ふんっ、見ての通りだ。考えてみたら、オレは族長だ。お前のことを邪魔すべきでもあるんだろうが……ここで無駄に傷つくべきではないだろう。今後に差し障る上、皆にも迷惑がかかるからな」

「それはそうかもしれんであるが……」

「それに、オレは元々戦闘があまり得意ではない。お前はかなり出来そうだし、オレではろくに邪魔することも出来ないだろう」

そう語るヨーゼフの瞳に、嘘は感じられなかった。

どうやら騙しておいて奇襲を仕掛ける、というつもりもないようだ。

「……いいのであるか？」

「ふんっ、単に適材適所というだけだ。この先には、我らエルフの中で最も優秀なものが護衛についている。お前の邪魔をするのは、そいつの役目だ」

「ふむ、そうであるか……まあ、我輩も手早く済ませたいであるから、何もせずに通って良いのならばそうさせてもらうであるが」

「ああ、精々無駄な真似をすればいい。アイツは間違いなく歴代エルフの中でも最強クラスだろうからな。それに、万が一アイツを退けることが出来たところで、やはり無意味だ。既に封印は解いてある。……森神様の前では、我らの誰であろうとも、意味はない」

その言葉には何も返さず、ただ肩をすくめておいた。

まあ、封印が既に解かれているというのならばちょうどいい。

実のところ、そこはちょっとだけ不安があったところなのだ。

朝が来るのと同時に突撃したものの、その時間に何らかの根拠があったわけではないのである。

とりあえず何かあれば分かるだろうと、あの樹の頂上付近で仮眠はしたが、突撃のタイミングがあの時だったのは、単にそれ以上待つことが出来なかったというだけだ。

ここでまだ封印が解かれていない、とかなると、それをまずは待たなければならないとかいう、とても間抜けなことになってしまっただろう。

とはいえ、つまりそれは急がなければならないということでもあるので、安堵してばかりもいられない。

念のため、警戒しつつもヨーゼフの横を抜け――

「……ああ、そうである。最後に一つ、言っておくことがあったのであった」

「……ふんっ、なんだ?」

「戻ったら、覚悟しておくがいいのであるぞ？　とりあえず今は急ぐのを最優先とするのであるが……戻ったら、その顔を一発ぶん殴らせてもらうのである。妹を守らない兄など、殴られて当然であるからな。ま、その後どうするかは、フェリシアに任せるであるが」

「…………ふんっ、そうか。なら……期待しておいてやろう」

その言葉を背に受け、その場を後にした。

そのまま再び続いた通路を、一気に駆け抜け……しかしその足も、すぐに止まることとなる。

通路が途切れ、外へと飛び出したのだ。

だが樹の頂上にあったはずのその先は、不思議と地面へと続いていた。

どうやら何処かで空間が歪んでいたらしい。

周囲に存在しているのは、沢山の木々。

見た目からして、ここもまた森の一部なのだろう。

ただし木々までの距離は離れており、それなりの広さに開けた場所となっているようであった。

そして。

「おお、久しぶり……で、いいのであるか？　まあ、久しぶりであるな」

そこに居た人物を見ても、驚きはなかった。

何となく、そんな気がしていたからだ。

それは向こうも同じなのか、見覚えのある顔がいつも通りに小さく頷きの形を作り、金色の髪が流れる。

ただし、いつもはこちらの目を見返してきていた金色の瞳は、今日に限ってはそうではなく――

「……ん。……久しぶり、ソーマ」

それでも言葉は同じように、見知った少女は——シーラは、そう返してきたのであった。

## 27

何となくではあるが、予感はあった。

激しい揺れを感じた瞬間、誰かがここに強引にやってきたのだろうということは分かっていたし……そんなことをするような人物の心当たりなど、他にあるわけもない。

勿論ソーマがここに来ていたことなどは知らなかったし、むしろ何故居るのかという話でもあるのだが……それでもあのソーマならばと考えると、色々と納得がいってしまった。

しかしともあれ、それはそれ、これはこれ、だ。

何しに来たのか、などということは聞かない。

そんなことは聞くまでもないだろうし……まあ、どうしてそうするに至ったのか、ということに興味がないと言えば嘘になるものの、今聞くようなことでもないだろう。

何にせよシーラがやることは変わらず、そしてそれは一つだけだ。

「ふむ……随分とやる気があるようであるな」

「…………ん、当然」

何故ならばこれは、シーラの役目だ。

族長でもある兄から直々に任された、シーラだけの役目。

昔の、皆の世話になってばかりだった自分では考えられなかったようなことであり、ならば果たさないわけにはいかないだろう。

「ふむ……なるほど。やれやれ、これはもう一発ぶん殴る必要がありそうであるな……」

「……？」

そんなこちらの様子を見たソーマは、不意によく分からないことを呟くと、溜息を吐き出す。

それはどこか、気の抜けたような雰囲気であり……だが直後、それが一変する。

決して合わせようとはしていないものの、視界には捉えているその瞳が、すっと細められた。

「……っ」

その瞬間、ソーマの意識が切り替わったというのが、嫌でも分かった。

まるで心臓を鷲掴《わしづか》みにされたかのような……あるいは、喉元に刃を突きつけられているかのような、そんな錯覚に襲われる。

そこにあるのは、明確な死、そのものだ。

「ま、しかしそういうことならば、こちらも本気でやらんわけにはいかんであるな」

そうは言いつつも、ソーマは特に構えを取っていない。

しかしシーラは、知っていた。

あれこそが、ソーマの本来の構えなのだ。

つまり言葉の通り、ソーマは本気でやるつもりなのである。

「……ん、望むところ」
むしろ、そうであってこそだ。
そうでなければならない。
でないと――。
「……っ」
心を落ち着かせるようにゆっくりと呼吸を繰り返しながら、油断なく状況を見据える。
彼我の距離は、約十メートルほど。
しかしその程度の距離、ないも同然だ。
シーラでさえそうなのだから、ソーマにとっては尚更だろう。
戦場の広さは、直径で二十メートルといったところだ。
小細工をする余地はなく、ソーマは当然のこと、こちらも何もしてはいない。
要するに、圧倒的に、一方的なまでにこちらの不利だ。
地の利など、有ってなきが如し。
実力差に関しては、今更すぎる話だ。
けれど……勝てはしなくとも、負けるわけにはいかないのである。
震えそうになる身体を何とか抑えて、右手を刀の柄に。
右足を前に出し、半身を前方に突き出すようにしながらの、前傾姿勢。
それ以上の言葉は、必要ない。

鋭く息を吐き出すと、全力で地面を蹴った。

「――一刀両断」

――刀術特級・森霊の加護・精神集中・居合い・心眼：一刀両断。

秒も経たずに距離をゼロにすると、地面を踏み込むのと同時に右腕を振り抜く。

出す惜しみはなく、初手からの全力だ。

手加減どころか、殺す気ですらいるつもりで、鈍色《にびいろ》の斬撃が走り――

「……っ」

だが返ってきた手応えは、当然のように硬質なそれ。

甲高い音が響き……しかしそれは、分かっていたことだ。

だからシーラはその時には、既に次の一歩を踏み込んでいた。

「――雲散霧消」

――刀術特級・森霊の加護・精神集中・居合い・心眼・直感（偽）・連撃：雲散霧消の太刀。

その瞬間、シーラの姿が掻き消える。

気配遮断を使ってのものではなく、この技そのものの性質だ。

ソーマには一度見せたことがあるが、まさか一度見ただけで全ては見切れまい。

姿を消し、後方からの強襲と思わせての、変わらぬ位置からの斬撃。

既に納刀を終えている刀の鯉口《こいくち》を僅かに切り、柄を握った右腕を――


「――っ!?」

――刀術特級・森霊の加護・気配察知中級・直感（偽）：危険察知。


それは駄目だと、瞬間、本能が叫んだ。

背筋を悪寒に似た何かが走り、それらに逆らうことなく、強引に右側へと身体を倒す。

転がるように地面に倒れこむのと、そのほんの少し上を鋭い何かがすぎ去ったのはほぼ同時だ。

あと刹那でも動くのが遅ければ、斬られていただろう。

しかしそこで安堵してる余裕はない。

即座に跳ね上がるようにして起き上がると、柄を握ったままの右腕を振り抜いた。

――刀術特級・森霊の加護・精神集中・心眼・気配遮断下級・連撃：残影の太刀・朧。

あまりにも強引すぎる攻撃だが、生憎と形振《なりふ》り構ってなどいられないのだ。

強引さの代償としてその一撃は空を切るが、それも想定の内。

その軌跡に隠れるようにして放たれた斬撃が、ソーマへと迫り——だがやはり、当たり前のように防がれた。

「……っ」

まるで歯が立たない……いや、戦えているという実感すらない。

僅か数秒の立ち回りだというのに、ごっそりと精神力を持っていかれた気分だ。

刹那でも気を抜けば、自分が地面に倒れ伏しているだろうことが、ありありと想像出来る。

これが、ソーマの本気なのだと、嫌でも自覚させられた。

今までもソーマとは、何度も打ち合ったことがある。

それが本気ではなかったというのは、分かっていたつもりであった。

だがそれは本当に、つもりでしかなかったのだろう。

しかもこれでソーマは本気ではあるものの、全力ではないのだ。

全力で来られていれば、とうにシーラの頭部は胴体とお別れしているに違いない。

しかしそうなってしまうからこそ、ソーマは全力では来られないのだ。

唯一付け入る隙があるとすれば、そこだろう。

ソーマは何だかんだ言いながらも、身内と判断した者には甘い。

それも、物凄くだ。

そして一応ながら、シーラは自分がそこに属しているだろうとは思っている。

というか、そうでなければ、今頃は情け容赦なく叩きのめされているはずだ。

そう考えると、今更ながら兄は大丈夫だったのだろうかと心配になってくるものの……不器用ではあるが、要領はいい兄のことだ。

そこは大丈夫だろうと信じるしかない。

というか、そもそもそんなことを気にしていられる余裕は欠片もないのだ。

一旦ソーマから離れると、一瞬で呼吸を整え、再び構えた。

こうしているだけでも気力がどんどん削られていくが、刀の柄を握る右手に力を込め、何とか堪える。

何処か一点ではなく、ソーマの全身を眺めるようにしながら、その一挙手一投足を見逃さないよう、意識を集中していく。

刹那でも気を抜けばやられるということは、つまり刹那でも気を抜かなければいいだけのことだ。

それでどうにか出来る程度しか、ソーマは力を出しきれていない。

勿論それは口で言うほど容易《たやす》いことではないのは、十分すぎるぐらいに分かっている。

今、実際に数秒とはいえやりあったのだ。

分からないわけがない。

だが、それでも。

「……まだ、私は――」

諦めるわけにには、いかないのだ。

「……っ」

唇を噛み締め、ソーマのもとへと一気に飛び込んだ。

そこからは先ほどの焼き直しのような光景が、幾度も繰り広げられる。

まともにやる必要はない。

否、まともにやっては駄目なのだ。

シーラのやるべきことは、ソーマをここで一秒でも長く足止めさせることである。

その間に儀式が完遂するのが最善だが、封印が解かれたのはつい先ほどのはず。

ならば贅沢は言わない。

せめて、ソーマでもどうすることも出来ない状況になれば。

そうなれば……そうなれば――

「――っ」

加速した思考の中で、シーラはただひたすらに刀を振るう。

それは全て一つの目的のために……この儀式を、完遂させるために。

その果てに待っているものが何なのかなど、今更誰に言われるまでもなく分かっている。

その全てを理解し、受け入れ、覚悟し……決めたのだ。

兄妹三人で、一緒に。

別の道は存在していなかった。

そんなものが存在しているほど、この世界は優しく出来てはいない。

そんなものがあるのならば……きっと姉は最初から魔女になどならなかった。

こんなことは起こらなかった。

だからこれは、精一杯の抵抗なのだ。

最悪の中で、少しでもマシな結末を迎えるために、兄が必死になって考えた。

ことはエルフという種全てに関わってくる問題である。

何を選んだところで、必ず取りこぼしが出てきてしまう。

その中で、最小限の犠牲で済む方法がこれで、犠牲となるのは姉だった。

ただ、それだけのことなのだ。

それを非情だと、冷酷だと弾劾するのは簡単だろう。

しかしそうではないのだということは、自分達だけではなく、同族の皆が理解していた。

一言も釈明することはなかったけれど、だからこそ余計に。

そして多分誰よりも悩み、苦しんだのだということが分かるから、少しでも協力しようと思ったのだ。

自分達の両親も、そうであったように。

もっとも、あの人達はきっと、死ぬためではなく、生きるためだったのだろうけれど。

でも、どうしようもなかったのだ。

シーラだって、考えなかったわけではない。

考えなかったわけがない。

自分の力はこういう時のためにあり、こういう時のためにこそ磨き上げてきたのだ。

だがそんなちっぽけな自信は、その力を感じただけで粉々に吹き飛んでいた。

封印から漏れた僅かな残滓だけでそれなのだ。

誰だってその前では無力だと悟り、心が折れ、兄はやはり正しかったのだと確信するには十分すぎることであった。

——あるいは。

そう、あるいは……それでもどうにか出来るかもしれないと、そう思えるような誰かがその時その場に居てくれれば、まだ分からなかったかもしれない。

無理だろうと思いながらも、それでもと、その不敵な姿を見ることが出来れば、別の決意が出来たかもしれない。

でも彼はその時その場にはいなかったのだ。

今更出てこられたところで、もう……。

そんなことを思いながら、歯を食いしばる。

自分の心の底から湧き上がって来た弱気に負けないようにと、顔を上げ——

「——あ」

瞬間、目が合った。

漆黒の、闇を思わせるような、全てを包み込むようなそれに、一瞬で魅入られる。

真っ直ぐにこちらを見つめてくる瞳は、まるでこちらの心の奥底までをも見通すようであった。

隠していた全てを暴かれるような、押さえつけていた全てが暴れだすような、そんな感覚を覚える。

――だから、目を合わせたくなかったのだ。

この真っ直ぐな瞳を前にすれば、自分の気持ちに嘘をつけなくなることなど、分かりきっていたから。

瞬間、その場に甲高い音が響いた。

それと共に、シーラの右手から重さが消える。

そこに握っていたものの姿が消え、視界の端で鈍色の何かが舞っていた。

呆然とそれを見上げながら、思う。

姉は変わったと言ってくれたけれど、きっと本当は何も変わってなどいないのだ。

ドリスにこの森から連れ出してもらえた時から、その前から、シーラは何一つ変わってなどはいないのである。

皆の期待に応えたかった。

役に立ちたかった。

王族としての責任を果たしたかった。

それは自分の想いであり、欲であり、願いだ。

心の底から、自分がいつも思っていたことである。

当然のことながら、今回もまた思っていたことであり……でも。

何より、死んで欲しくなかった。

それは、皆にだ。

エルフの皆。

それと、ソーマにも。

だけど、死んで欲しくない皆の中には、当たり前のように姉もまた含まれているのだ。

それに、もっと遊んで欲しかった。

色々なことを話して欲しかった。

料理を作って欲しかった。

笑っていて欲しくて、笑わせて欲しかった。

生きていて欲しかった。

――助けて。

「……姉さんを、助けて」

気が付けば、願望が口から零れ落ちていた。

視界が滲んで歪み……それでも、その中でもはっきりと分かる漆黒に、自分の望みを口にする。

自分では無理だから。

勝手な願いだけれど。

都合がよすぎるけれど。

――それでも。

さらに口を開こうとし、だがそれは頭部を襲った衝撃によって遮られた。

それは優しくとも力強く、自分の頭に乗せられた手であり――

「――任せておくといいのである」

その言葉を聞き、感触を覚えながら……シーラはふと、自分と同じぐらいだったソーマの背が、いつの間にか自分を越えていたことに気が付いたのであった。

## 28

先を急ぐソーマは、森神とやらの気配が刻々と高まって来ているのを、自身の肌を通して感じていた。

それは単純にそこに近付いているからというだけではあるまい。

事実試しに足を止めてみても、それは変わらず高まり続けている。

封印が完全に解けつつある、ということなのだろう。

「ふむ……それにしてもこの世界、ちと色々なものが封印されすぎではあらんか？」

これで都合三度目だ。

偶然そういった場所ばかりに居ると考えるよりは、各地にそんなものが存在していると考えた方が自然だろう。

一体どれだけ物騒な世界だというのか。

「……いや、龍神を始め、何柱もの神が跳梁跋扈《ちょうりょうばっこ》してるのよりはマシであるか？」

まあどっちもどっちか、などと思いながら……ふと、後ろを振り返る。

脳裏を過るのは、つい先ほどのこと。

一つ、溜息を吐き出した。

「まったく、本当に困った兄妹であるな」

どうやら、あとでもう一人説教しなければならない相手が増えたようだ。

せめて拳骨《げんこつ》の一つぐらいは落とさなければなるまい。

「……妹を泣かすなど、姉失格であろう？」

呟くと、前に向き直り、再び駆け出した。

†

フェリシアは森の中で一人、両手を組み、目を瞑り、祈るようにしてそこに居た。

本当に祈っているわけではなく、また呪術を使おうとしているわけでもない。

単純に手持ち無沙汰故、何となくそうしているというだけであった。

その眼前にあるのは、まるで祭壇のような何かだ。

中心には球形の光が浮いており、脈打つように明滅を繰り返している。

鼓動のような音もまた、その場には響いていた。

音の響く間隔が徐々に短くなり、明滅の速度も増している。

目を瞑っているため、フェリシアが感じるのは音だけではあったが……それでも、もう間もなくそれが現れるというのは、誰に言われるでもなく理解していた。

——森神。

森霊の社の主にして、エルフという種の崇める存在。

そして今からフェリシアが儀式により、その命を差し出す相手である。

儀式、などと言えば聞こえはいいものの、要はただの人身御供《ひとみごくう》だ。

だがフェリシアはそこに不満はない。

むしろ満足しているとすら言えるだろう。

それが意味のある最後だと、よく知っているからだ。

フェリシア達の母親が、そうであったように。

フェリシア・L——レオンハルト・ヴァルトシュタインは、所謂ハーフエルフである。

ハイエルフの父親と——魔女の母親を持つ、混血児だ。

もっとも、そのこととフェリシアが魔女であることに、因果的な関係はない。

まったく同じ血を引くシーラは普通のエルフであることが、その証拠だ。

まあ、シーラはシーラで、エルフなのに魔法が使えなくはあるが、それは単純にその才能が刀に特化しているからである。

例外的な才能を持ちながら他の才能も持ち合わせることを可能にするほど、特級というスキルは軽くないのだ。

それを可能とするのは、人の器を超えた者ぐらいだろう。

ともあれ、だからこそ、フェリシアは魔女のことをよく知っている。

僅か数年とはいえ、あの魔女の森で共にすごし、様々なことを教えてもらったからだ。

その最後を迎えることの……自分の願いを叶えるということの意味も。

――魔女は自身の願いを呪術として叶えることは出来ない。

これは以前に述べたことではあるが、厳密に言うならば正しくはない。

正しくは、自身の命と引き換えならば、どんな願いでも叶えることが出来る、だからだ。

そして一般的には、それが魔女の最後である。

魔女は世界の敵ではあるが、実際のところは誰かに殺されるということはほとんどない。

その理由は単純で、ただ殺してしまうにはあまりにも惜しいからだ。

代償を必要とするとはいえ、誰かの願いを、時には理を歪めてすら叶えることが出来る。

その有用性を理解出来ない者など、存在しないだろう。

もっとも、だからこそ、魔女は囲われるのだ。

魔女は誰にとっても有用ではあるが、その力は有限でもある。

誰も彼もの願いを叶えることが出来ないのであれば、その力は自分の為だけに、ということだ。

しかし同時に、それがゆえに匿われる。

その存在が露見してしまえば、それを疎ましく思う者から糾弾されてしまうからだ。

誰もがその有用性を認めようとも、やはり魔女が世界の敵であることに違いはないのである。

そしてまた、そのことが当の本人にとって幸せであるかも、別の話だ。

いや、あるいはこう言うべきだろうか。

殺されることはなくとも、人らしく生きられるとは限らない、と。

その極致が、死に方だ。

一般的に魔女は自身の願いを叶えて死ぬものの、その願いが本当にその者が願ったこととは限らない……極稀にではあるが、処刑されるということもある。

匿っているのがバレた際、もしくは最後に一仕事と、その死をも利用するためだ。

世界の敵を討ったと、そう宣伝するために。

そういったことから考えれば、フェリシアは如何にも人間らしく、幸せにすごすことが出来たと言えるだろう。

母と数年共に暮らせて、家族とも月に一度、僅かな時間とはいえ会うことが出来る。

それは十分すぎるほどに、人間らしいものであったのだ。

他の誰が、何と言おうとも。

だからこれは、自分の願い。

家族を含めた、皆が助かるための。

森神という存在は、エルフに力を与えている、その源だ。

だから崇めているのであり……だがその目覚めは、エルフの破滅を意味する。

森神は、エルフを食らうからだ。

食欲ではなく嗜好品《しこうひん》的な扱いらしいが、かつてそのせいでエルフはその数を半分に減らしたという記録もある。

そのままでは絶滅していたとも言われ、封印していたのは、そのためなのだ。

そもそも何故そんな存在がエルフに力を与えているのかと言えば、その理由は不明である。

力を与えているわけではなく、エルフが影響を受けているだけ、という説もあるが……未だに解明出来ていないことの一つだ。

そしてフェリシアには、その答えを二度と知ることは出来ない。

ここで願いを叶えるから。

森神を再度封印するために。

今度は二度と、目覚めぬように。

自身の命を以て。

それが今回の儀式で、その全てだ。

かつてかけた封印が解けかけており、再度封印をかけるにはエルフ達の命が必要だった。

エルフの用いる封印術とは、そういうものだからだ。

しかしそのためには、現存するエルフの半数が必要だと算出された。

あるいは封印しないという手もあるが、これは問題外だ。

封印しなければ森神に食われるだけだし……ここから移動するという選択肢も、取ることは出来なかった。

エルフが現在中立を保っていられるのは、この森あってのことだからだ。

森の外へと出てしまえば、エルフは多少魔法の得意な人類でしかない。

そうなってしまえば、一方的に食い物にされるだけだろうというのは、考えるまでもないことだ。

特に今までのことがあるからこそ、尚更に。

だから結局、森神を封印し、今まで通りを貫いていくしか、エルフ達が生き残る術はないのである。

半数の命を犠牲にしても。

と、本来ならば、そうなっただろう。

だが幸いにも……そう、幸いにも、今のエルフ達には、もう一つの手段が残されていた。

四十年ほど昔、魔女の願いと当時の長の献身で以って、一族の危機が遠ざけられたように。

今度もまた魔女の願いであれば、森神へと今まで以上の封印をかけることが出来るだろうと予測された。

それを聞かされた時、フェリシアは迷うことなく頷いていた。

エルフの皆と会うことはほぼなかったけれど、皆の思いは知っていたから。

月に一度渡される食料を通して。

ゆえに、自分が犠牲になるだけで済むならばと、そう思ったのだ。

多分、いつかはそんな時が来るのだと、覚悟もしていたから。

それが、今日だった。

ただそれだけのことなのだ。

だから。

……だから――

「――っ」

その瞬間、一際大きな鼓動の音が響き、それだけで思考の全てが吹き飛んだ。

何を考えていたのかすら忘れ、呆然と目を開き……ソレが、そこに居た。

光はいつの間にか消え、そこには代わりとばかりに何かよく分からないモノがある。

だが同時に、一目見ただけで、心の底から理解出来た。

それこそが、森神だ。

「――」

よく分からないモノが、よく分からないモノを伸ばしてくるのを、フェリシアは何をするでもなく眺めていた。

多分それは腕なのだろうと反射的に思うも、それだけ。

逃げようなどと、考え付きすらしなかった。

それは儀式のことがあったから、ではない。

ただの、恐怖故だ。

幼い頃からずっとその気配を無意識に感じ取っていたフェリシアには、エルフには、森神という存在は恐怖そのものとして意識に刷り込まれているのである。

その復活の予兆を感じ取っただけで、エルフは冷静ではいられなくなってしまうし……それを前にしてしまえば、そうなって当然であった。

とはいえ、ある意味それでよかったのかもしれない。

魔女が自身の願いを叶えるには、その瞬間に死ぬ必要があるからだ。

そしてフェリシアは、外見的には人類種に近いものの、血筋的にはエルフであることに変わりはない。

しかも、その身に流れる血はハイエルフ。

森神にしてみれば、ご馳走も同然のはずであった。

それを理解しているのか、森神はフェリシアの身体を遠慮なく掴み取った。

身体が軋《きし》み、痛みが走る。

「……っ」

しかしそれは、ほんの僅かな時間であった。

すぐに腕が引き戻されると、空中で離されたからだ。

一瞬の浮遊感と、落下。

「……え？」

直後に浮かんだ疑問は、だがすぐに解決されることとなった。

そんなことをした意味の答えが、すぐそこにあったからだ。

多分そこにあるのは、それの頭部で……その口と思われる場所が、大きく開いていた。

吸い込まれるようにして、フェリシアの身体が落ちていく。

「……あ」

その空虚な空間を見た瞬間、色々なことが頭を過った。

色々なことがありすぎて、それらが何であったのかは咄嗟には理解出来ないぐらいに。

それでも。

たった一つだけ、はっきりと思い出したことがあった。

それは、約束。

ほんの三日前に交わした、口からのでまかせ。

困った時があったら――

瞬間、思った。

それは心の底に押し込めていた……本当はずっと思っていたこと。

――死にたくない。

「……けて」

身体は無様なまでに震えていた。

視界は惨めなまでに滲んでいた。

頭に浮かんでいるのは、たった一月、共に暮らしただけの少年で。

それはとても、情けないことで……それでも、あるいは、だからこそ、死にたくはなかった。

「……助けて、ください」

けれど、声は虚しく響き――

「――了解したのである」

轟音と共に、それが吹き飛んだ。

## 29

眼前で文字通り粉々に吹き飛ばしたそれを眺めながら、ソーマは舌打ちを漏らした。

剣を通して伝わってきた手応えが、あまりにも軽すぎたためだ。

まるで中身がスカスカな木材でも叩き壊したかのような感覚だったのである。

無数の破片と化したそれらに目を細めれば、視界に映るものの大半が実際に木片であるようだ。

だがだからといって、それらが本当に本体の一部であるならば、このような手応えは覚えまい。

つまりは、それらは本体とは程遠い何か、ということである。

おそらく大したダメージは与えられていないだろう。

むしろまったく与えられていないと言われても驚きはしない。

見た瞬間に何となくそうなのだろうと思ってはいたが、やはり『コレ』は概念的な存在に近いようだ。

姿形に大した意味はなく、ゆえにそれを壊したところで同様。

それを打ち倒すには、物理的な攻撃以上の何かが必要なのだ。

神などと呼ばれているのは伊達ではない、というところか。

まあとはいえ、先ほどはそんなものを探ってる暇もなかったので、とりあえずその形を壊すことを優先したわけだが。

襲われている相手を助けるには逆にその方が都合もよく……しかしその肝心な助けた相手は、何故だかこちらのことを呆然と眺めていた。

地面に叩きつけられる前に抱え、そっと下ろしたし、ざっとではあるものの怪我がないことは確認したのだが――

「フェリシア？　どうかしたのであるか？」

「……ソーマ、さん……ですよね？　え……どうして、ここに……？」

そして問いかけてみれば、そんな言葉が返ってきた。

呆然としたまま、信じられないものでも見るかのような目を向けてくるフェリシアに、ソーマは肩をすくめる。

むしろそんな目で見られ、そんなことを言われることの方が心外であった。

「何を不思議そうな顔をしているのである？　助けを求められた時は、助けに行く。そう約束したであろう？」

まあタイミング的には正直割とギリギリだったのだが、敢えてそれを知らせる必要もあるまい。

わざわざ相手を不安がらせる必要は何処にもないのである。

「……確かに、そんな約束とも言えないようなものは交わしましたが……もしかして本当に、それだけで……？」

「まあそれだけが理由かと言われると、少し違うかもしれんであるが……」

最初から怪しいと思ってはいたし、途中からそれは確信となった。

そもそもだからこそそんな約束をしたわけでもあり――だが。

「別にフェリシアを助けに来るのに、それ以外の理由は必要ないであろう？」

助けると約束した。

だから、助けに来た。

結局のところは、それだけの話なのだ。

そして、助けを求められたから、助けた。

本当に、それだけのことなのである。

まあ、助けを求められなければ助けなかったのかと言われれば、それはまた別の話だが。

「何ですか、それ……そんな……こんな……馬鹿なんじゃないですか……っ？」

「ふむ……まあ正直、馬鹿なのかと言われたら、そうなのかもしれんとしか答えられんであるなぁ……」

少なくとも、利口ではないのは確かだ。

もっと幾らでも利口なやり方はあっただろうし、賢い者ならばそもそもこんなことに首を突っ込んでいないのかもしれない。

だがそれならば、馬鹿で結構だった。

「まあ、我輩が馬鹿かどうかは一先ず置いておくとして……とりあえず、まだ気を抜くには早いようであるぞ？」

「っ……そう、みたいですね……」

身体を強張らせるフェリシアを横目に、ソーマは周囲へと視線を向ける。

先ほどから感じ続けている森神の気配が、明らかに濃くなってきているのだ。

どうやら諦めるつもりは微塵もないどころか、お怒りですらあるようであった。

しかしそれは、こちらも望むところである。

どちらかと言えば、そのまま引かれてしまった方がどうしたものかと悩んだことだろう。

それは即ち逃がしてしまうということと同義であり、そのような結末を迎えさせるつもりは毛頭ないのだ。

と、そんなことを考えているソーマの視線の先で、それは再び形を取り始めた。

ただし先ほど見たそれとは、まるで違う形に、だ。

先ほどのはまだ、人の形をしていた。

上半身だけではあったし、色々と不恰好でもあったものの、両腕や頭の形状などからまだギリギリ人型と呼べなくもなかったのである。

だがそれは――

「ふむ……本性を現したと言うべきか、何と言うべきか……よくこんなものを神と呼べたものであるな？」

「わたし達に恵みを与えてくれていたことに変わりはありませんしね。……それに、神とは敬うだけではないでしょう？」

「確かに畏敬などとも言うではあるが……それでもこれは正直どうかと思うであるがな」

ソーマ達の居た場所は、森の中でも開けた場所であった。

その中央に祭壇のようなものが置かれていたのだが……今やその様子は刻一刻と変わり続けている。

それはもう見た目の時点で明らかだ。

何せその開けた場所の範囲が、一目で分かるほどにはっきりと広がっていっているのだから。

もっとも、正確に言えばそれも正しくはない。

何故そんなことが起こっているのか……何故周囲の木々が地面に飲み込まれるようにして消えていっているのかは、視線の先のそれの姿によって、明確に示されていたからだ。

既に十メートルを越し、それでもまだ大きくなろうとしているその身体は、土と砂、それと数多の植物によって形作られていた。

「森神とはよく言ったものであるな。まるでこの森全てが自分のものだとでも言わんばかりであるが……」

あるいは、実際にその通りなのかもしれない。

ソーマの感覚がおかしくなったのでなければ、森神の気配は今や森中に広がっているように感じるからだ。

しかもそれはどちらかと言えば、元から存在していたものが眠りから覚めた、というような感じなのである。

普通であれば信じ難いようなことではあるが、相手がどんな存在なのかということを考えればそう不思議なことでもない。

それにかつてシーラから聞いた話も、その考えを肯定している。

エルフは森の外に文字通り一歩でも出たら、その瞬間にそれまでの力を振るえなくなると、そんなことを言っていたのだ。

それらのことから考えるに、森神というのはエルフの森そのものか、それとほぼ等しい存在である可能性が高い。

なのにソーマ達を直接どうこうしようとしないのは、存在そのものが大きすぎるからだろう。

人で例えるならば、細胞一つ一つを自分の意思で操れるか、ということである。

だからああして、その時その時に適した身体を作り出している、というわけだ。

そしてそれはつまり、それだけのものが必要だと判断した、ということである。

「あるいはその程度で十分、ということなのかもしれんであるが……ま、やってみれば分かることであるか」

「えっ……？　も、もしかして……アレと戦うつもりなんですか？」

「うん？　当然であろう？　というか、ここまで来て今更な気がするのであるが？」

「それはっ……そう、かもしれませんが……」

そんなことを言っている間にもそれは大きさを増し続け……五十メートルほどになったところで、ようやく止まった。

それがただ大きくなったわけではない、というのは、そこから伝わってくる濃厚な気配からしても明らかだ。

おそらくは、先日の邪神の力の欠片、アレの半分程度の力はあるだろう。

だが侮ることは出来ない。

クルトはそれをまったく使いこなせてはいなかったが、あっちは元々自分の力である。

どっちが手強《てごわ》いかは、考えるまでもないことだ。

その強大さを、フェリシアも感じているのだろう。

顔は青ざめ、身体は震え……しかし、何かを決意するかの如く口元を引き締める。

それを見ていたソーマの口から、自然と呆れの溜息が漏れた。

「フェリシア、やっぱり自分が生贄になって封印する、とか考えていないであろうな？」

「っ……だって、仕方がないじゃないですか。確かに先ほどは死にたくないと思いましたし、助けていただけて感謝もしています。ですがっ、あんなの……勝てるわけがありませんっ。ならっ……」

震えながら、それでもフェリシアは決意に満ちた目でソーマのことを見つめ……だがソーマとしては、やはり溜息を吐き出し、肩をすくめるしかない。

まったく――

「もう少し我輩のことを信じてくれてもいいと思うのであるがなぁ。あの程度の相手に、我輩が負けるわけがないであろう？」

確かに相手は強大だ。

先日とは違い、奥の手を悠長に構えている暇などないだろうし、油断など以ての外である。

しかし。

それだけであった。

なるほど確かに神と呼ばれるだけの力はあるのだろう。

だがあくまでもそれは、普通の人類と比べれば神に近しい、という程度でしかないのだ。

本物の神には、程遠い。

神は神でも、所詮は紛《まが》い物《もの》だ。

精々が粗悪な模造品といったところだろう。

おそらくは、厳密には亜神などと呼ばれる存在だ。

かつて出会った天使モドキ、あれの同類である。

まあ何にせよ――

「安心してそこで見ているがいいのである。どちらが上か、今からアレに叩き込んでくる故な」

そう告げると、ソーマはそれに向け、一直線に駆け出した。

## 30

考えてみれば、フェリシアが戦闘というものをまともに目にするのは、それが初めてであった。

母に連れられ結界の外に出た時には、そもそも戦闘という行為そのものが行われてはいない。

魔物と遭遇することはあったものの、母は何らかの手段でそれらをすぐに眠らせてしまったのだ。

戦闘らしい戦闘は、一度も行われることがなかったのである。

魔女の森に移り住む前の数年の間にもフェリシア自身が戦闘を目にすることはなかったし、時折妹から話を聞くことぐらいはあったが、その程度だ。

そういったこともあってか、フェリシアの中では、戦闘というものは忌避すべきものであり、ただひたすらに恐ろしいものという認識でしかなかった。

そしてそれはあながち間違いだとも言えないだろう。

戦うということと殺し合うということは同じではないが、その場で起こっていることに限って言えばそれはほぼ同義だ。

知っている者が傷つき、苦しみ、その果てに殺される。

そんな場面を見たくないと思うのは、道理だ。

少なくともフェリシアの中では、それが確定した未来であった。

先ほど助けられもしたし、ソーマのことを信じていないわけでもない。

だがそういう問題ではないのだ。

幼い頃から刷り込まれ続けた恐怖は、そういった淡い感情を簡単に飲み込んでしまうほどであったし、膨れ上がり濃縮された気配からは、死の匂いしか感じることが出来ない。

だから、不敵な言葉と笑みで森神へと向かっていったソーマの背中にも、フェリシアはやはり絶望しか感じることが出来なかった。

生きたいなどと思わずあそこで素直に死んでおくべきだったと、そう思う。

あんなものが本当に自分の命などと引き換えでどうにか出来るなどとはとても思えないけれど……

それでもそうしていれば、少なくともソーマだけは助かったはずなのだ。

その背中を眺めながら、そんなことを思い――そんな戯言を鼻で笑い飛ばすかの如く、次の瞬間、五十メートルはあろうかというそれの三分の一ほどが、呆気ないほど簡単に消し飛んだ。

しかもそれだけでは終わらず、次の瞬間には、さらに残った半分も消し飛ぶ。

まるで神が飽きた玩具《おもちゃ》を無造作に打ち壊すような、そんな呆気なさだった。

「……はい？」

確かにフェリシアは戦闘をまともに目にしたことがない。

だがそれはあくまでも見たことがないというだけであって、知らないわけではないのだ。

そして少なくとも、眼前で引き起こされたことがどれだけ有り得ないことなのか、ということが分かる程度には知っている。

ゆえにその口から唖然《あぜん》とした呟きが漏れたのも、当然のことであった。

とはいえ、別にソーマがよく分からない何かをした、というわけではない。

むしろソーマがやったことは、至極単純なことだ。

先ほど森神が変じて見せた姿は、何とも形容がし難いものである。

土と砂と数多の植物を一箇所に集め、強引に押し固めたもの、とでも言おうか。

そんなものが五十メートルほどの大きさで以てそこに起立し、その全方位から腕とも触手ともつかない、主に植物を材料としたものが無数に生えていたのだ。

魔物でさえ、最低限の生物としての形は保っている。

しかしそれすらも無視した、まさに化け物と呼ぶべきそれが、自身へと向かってきたソーマへと、その無数の触手を叩きつけた。

それがやったのはそんな単純なことであり、対するソーマもまた同様。

その手に持った剣を、触手が叩きつけられる寸前で、前方に向けて振り抜いた。

それだけだったのである。

それだけで、森神の身体の三分の一が、次の瞬間には消し飛んでいたのだ。

やったことには、不思議なところは何一つない。

が、その分、起こった現象は、不思議を通り越して意味不明でしかなかった。

それが森神の自爆などでないのは、続けてソーマが剣を薙《な》ぎ払った瞬間、さらに残った半分が消し飛んだことからも明らかである。

つまりソーマは、ただ剣を振るっているだけで、あれだけのことを引き起こしているのだ。

まったく以て意味が分からない。

だがそんなことをフェリシアが悠長に考えられていたのは、そこまでであった。

森神が何かをしたというわけではなく……いや、ある意味それはそれで正しいのか。

ただおそらくは、森神にフェリシアを害する意思はなかったのだろう。

路傍の石を気にかける物好きな者など、そうはいないのだから。

『————————！』


おそらくでしかないが、それは吼《ほ》えたのであった。

音が認識出来たわけではない。

当然のように、何と言ったのかも分からない。

しかしその瞬間、明確に意思だけは伝わってきた。

作り出した形を一瞬にして破壊された……きっとそれへの怒りであった。

あるいはその前のことまでをも含めた、何故自分の邪魔をするのか、といった感覚だったのかもしれない。

だが何にせよ、それによって引き起こされたことは明白だ。

フェリシアは、自分の心臓の鼓動が止まったのを、はっきりと認識した。

「……っ⁉」

呼吸もままならず、口をパクパクと開閉するが、そこから空気が送り込まれてくることはない。

しかもこれは多分、ただの余波なのだ。

それがぶつけられた先はソーマであり……否、もしかしたら、そもそも単純に怒りを振りまいただけなのかもしれない。

それで何かをする意図はなく、それでもこれだけのことをしてのける。

ああ、やはり神はどんな姿であろうとも神であり、それに逆らい、ましてや倒せるかもしれないと思うことなど間違って——

「――やかましいであるぞ、おがくず。せめて人間の言葉で喋れというのである」

それは決して大きな声で叫ばれたものではなかった。

それどころか、きっと呟く程度の小さなものでしかない。

だというのに、何故かフェリシアにはそれがはっきりと聞こえた。

止まっていた鼓動が再開し、息が吸い込めるようになり……それらと同じように、それが当たり前の如く、残った森神の身体の全てが消し飛んだ。

『――――――!!？!?』

再度叩き込まれた叫びは、しかし今度は不思議と呼吸も鼓動も止まることはなかった。

あるいは、そこに含まれていたものが、怒りだけではなかったからかもしれない。

それは驚きと……多分、恐怖であった。

『――――――――!』

だがそれを認めぬとばかりに、叫びと共に瞬時にその身体が再構成される。

先ほどは多少の時間がかかっていたが、それでコツでも掴んだのか、今度のそれは一瞬だ。

しかもその大きさは、さっきのさらに五割増しほどになっており――

「やれやれ、図体《ずうたい》をただでかくしただけでは的が大きくなるだけであろうに。言われぬと分からんとは、所詮神モドキであるか」

瞬間、ソーマの一振りで、その全てが消し飛んだ。

まるで先ほどのは様子見だったと言わんばかりの一撃である。

フェリシアとしては、そろそろ唖然を通り越し、呆れとなりかかっていた。

「……龍の時の一件から、只者《ただもの》ではないのは分かっていたつもりでしたが……」

どうやら本当につもりでしかなかったようだ。

まあ、こんなのを予測しろという方が無理だという話だが。

そしてそのほんの僅かな時間で、フェリシアにすらそれを理解することが出来たのだ。

おそらくは……どちらの力量が上なのか、ということも。

森神にそれが分からぬはずはなく……それでもそこで屈することがなかったのは、あるいは意地か何かだったのかもしれない。

森神に何らかの意思があり、しかもそれがそれなり以上に高度なものだということは、今更考えるまでもないことだ。

その思考の元となるものが、自分達と同じ価値基準に基づいているかどうかはまた別の話だが……これ以上ソーマと相対すればどうなるかなどは、それこそ分かりきったことだろう。

だがそれが引くことはなかった。

もしかしたら、それもまだ様子見をしている段階であった可能性もなくはなかったが……少なくともフェリシアにはそうとは感じられない。

何故ならば、直後に叫ばれ、叩き込まれた意思には、どう考えても怯えが混ざっていたからだ。

『――――――――――!』

身体を作り出しても一瞬で壊されるだけだと学んだのか、地面から触手のようなものだけが無数に生え、それらが一斉にソーマへと襲い掛かる。

その一本一本に恐るべき力が込められているのは、離れた場所から見ているフェリシアにも一目で分かった。

あるいは、先ほどの身体に使われていた力が、直接そこに使われているのかもしれない。

見ているだけで心臓を鷲掴みにされるような恐怖と不安を覚え、おそらくはその一本を気紛れに向けられただけで、フェリシアはあっさりと死んでしまうことだろう。

しかしフェリシアが実際にその心配をすることはなかった。

それによってソーマが殺されてしまうかもしれないと思うことも、だ。

その理由は単純。

自身へと向かってくるそれらを眺めると、ソーマはつまらなそうに溜息を吐き出し――

「先ほどよりはマシであるが……まだ力量差が分からんのであるか？　まあならば、分かるまで続けるだけであるがな」

その身を躍らせると、その全てを当たり前のように斬り飛ばしたからだ。

そこには一切の危うさがなく、逆に余裕すらも感じる。

一掃されたところで懲りずに触手が生え、襲ってくるが、その末路も変わらない。

その全てを難なく斬り飛ばし、ソーマはただ呆れたように溜息を吐き出すだけだ。

そこから先は、まるで同じことを繰り返すだけの幻影か、劇でも見ているかのようであった。

時折多少の工夫が混ざるとはいえ、触手の攻撃方法など限られたものだ。

基本は叩きつけるだけであり、先が鋭くなり刺し殺そうとしたり、あるいは巻きつこうとしたりもするが、違いはその程度である。

それを行う角度や速度が変わったり、時には纏まって、時には時間差をつけたりもするが、その全ては無意味。

ことごとくを斬り飛ばされ、ソーマはその場からほとんど動いてすらいなかった。

まさに圧倒的な力量差であり……ただ、そうなっているのは、それだけが理由ではないような気がフェリシアにはしていた。

力量差に疑問があるわけではない。

疑問があるのは別のところであり……つまりは、そんな風に見せ付けるような真似をする必要はない、ということだ。

力量に圧倒的な差があるのだから、さっさと決着をつけてしまえばいいのである。

劇のようだと言ったのは、それも理由の一つだ。

まるで誇示しているようにも見え、そこには違和感すら覚える。

ソーマは何となく、そんなことをするタイプには見えないからだ。

というか、ソーマは間違いなく、実利にしか興味がないタイプである。

必要がなければ……あるいは、あってすらも、余計な真似というのは嫌うだろう。

では今は何故、そんなことをしているというのか。

「……その必要がある、ということなのでしょうが……そんなことをして、ソーマさんに何の意味が

「……？」

一瞬自分に見せるため、などという馬鹿な思考が頭を過るが、それは本当にただの馬鹿な考えだ。

そんなこと、有り得るわけがない。

まったく、幾らなんでも気が抜けすぎだと、自分を叱咤《しった》するように溜息を吐き出し――だから、それに気付くのが遅れた。

視界の端、小さく動いたそれに反応し、振り向けば、そこにあったのは見覚えのあるものだ。

見覚えがないわけがない。

ソーマへと今も襲い掛かっている触手と、同じものなのだから。

ただしその大きさは、十分の一にも満たないだろう。

だが同時に、その程度でも自分を殺すには十分すぎる。

何故唐突にこちらを、と思うも、すぐに納得した。

森神は別にフェリシアに興味があるわけではない。

フェリシアを殺せばソーマが動揺するだろうと、そう判断したのだ。

それが正しいのかはフェリシアにすら分からなかったが、悪い判断ではないだろう。

少なくとも、試さない理由はない。

そして、そういったことが分かったところで、フェリシアにはどうしようもなかった。

それをかわせるか否かなど、思考する時点で間違いだ。

かわせるわけがない。

かといって、ソーマに助けを求めるのも間違いである。

間に合うか否かの前に、それこそソーマの邪魔にしかならないからだ。

即ち、結論は一つである。

結局、自分の末路は変わらないのだという、そんな当たり前の――

「――なるほど。どうやら、余程死にたいようであるな」

その瞬間、心臓が跳ねた。

声はすぐ傍から聞こえ、それとほぼ同時に、こちらへと向かっていた触手が跡形もなく消し飛ぶ。

それどころか、その先にあった地面までもがごっそりと抉《えぐ》れ、吹き飛んでいた。

それを引き起こした者の心境を表すかの如き轟音を響かせながら、それでもその音に紛れることなく、はっきりとした声がフェリシアの耳に届く。

「そういうことであるならば、我輩ももう遠慮をすることはないのである。勢い余ってしまったら……まあ、その時は皆に謝るしかなかろう。精々運良く生き残っていられるよう、祈っておけ」

その声が向けられているのは自分ではないと分かっているのに、フェリシアは身が竦むような思いであった。

いや、あるいは……分かっていたからかもしれない。

そこに込められた怒りに……ほんの少しだけ、自分に対するものがあることに。

自分の命を諦め、何よりも助けを呼ぼうともしなかったことを、多分ソーマは怒っていた。

そのことに、申し訳なさと……それと、少しだけのくすぐったさのようなものを覚えながら――

「――我は天を穿《うが》ち、地を砕く刃なり」

これで終わるのだろうという漠然とした予感と共に、視界の端でソーマの腕が振り下ろされるのを、フェリシアはただ、ジッと眺めていたのであった。

## 31

目の前に山と積まれた羊皮紙を前に、ヨーゼフは思わず溜息を吐き出していた。

だがそれも仕方のないことだろう。

報告の必要があることが山ほど存在しているのは分かっていても、これは未だその一部でしかないのだ。

その全てを処理し終えるのに果たしてどれほどの時間がかかるのかを考えれば、溜息の一つや二つ漏れるのも当然である。

「とはいえ、誰かにやらせるわけにもいかん、か」

というか、誰に代わりにやらせたところで、最終的にはヨーゼフが確認しなければならないのだ。

ならばそこには何の意味もない。

「ふんっ……くだらんことを考えている暇があれば、さっさと終わらせるか」

そんなことを呟きながら適当に羊皮紙の一つを手に取ると、ざっと眺めては判を押していく。

いちいち精読などしていられないし、中身は大半が見知ったものだ。

ヨーゼフが確認したという証さえあれば、あとは担当者が適宜処理していくだろう。

そうして次々と処理していくが、そのほとんどはやはり予想通りのものだ。

最も多いのが先日の森神の一件に関してであり、その不安を訴える声が多い。

まああの時の衝撃は、未だヨーゼフもはっきりと覚えている。

近くにいたことも無関係ではないだろうが、おそらくは離れていたところで大差はなかっただろう。

それほどまでに凄まじい気配と、それに伴って感じた恐怖は忘れようと思ったところでそう簡単に忘れられるものではない。

「ふんっ……まあ、あれだけのものだ。滅びたと言われたところでそうそう安心出来るものではないか……」

幸いにも……あるいは不思議なことに、エルフがこの地での優位性を失うことはなかったが、あれの気配はそれこそ生まれた時からずっと感じていたものである。

それを強烈に感じたとなれば不安に思わない方がおかしいし、逆にそれを感じなくなったことで不安を感じるといった声も多い。

皆が以前のような生活を取り戻すには多少の時間が必要そうだった。

「とはいえ、逆に言うならば時間以外での解決は難しいか。あれを見せれば多少はマシになるかもしれんが……ふんっ、今度は別の不安を覚えそうだな」

何せヨーゼフ自身がそうだったのだ。

あれを目にした時の衝撃は、森神が目覚め、その気配を感じた時以上のものであり……きっと、一生忘れられないだろう。

強烈な衝撃と轟音。

まるで世界でも砕け散ったのではないかと思うそれに、つい外へと向かい……そこに広がっていた光景に、目を見開いた。

何せ比喩抜きに大地が砕け、その八割ほどが消失していたのだ。

その空間には罅《ひび》が入っており、どう見ても崩壊寸前といった有様であった。

隔離世界でなければ、あるいはどれだけの被害が出たのかは分からない。

ただそのおかげで、こちら側には被害らしい被害は出ておらず、魔女も滅びたのだというこちらの主張に説得力が増すということを考えれば、そう悪いことばかりでもないだろう。

「ふんっ、そのせいであそこはもう使えなくなり、我が家もこちら側へと引っ越すこととなったが……まあ、構わんか。元々無駄に広すぎたのだ。不便でなくなったことと合わせれば利点だろう」

一応何処かの国から突っ込まれた場合、その惨状を見せるために保存してはいるものの、さすがに危険すぎるためにあそこにあったヨーゼフの家ごと廃棄したのだ。

修復出来ればまた別のことにも使えただろうが、生憎とあれは魔女の森のあるあそこと同じく、始まりの魔法使いより始祖が直々に賜ったという大魔法により作り出されたものである。

その危険性を考えてか始祖は誰にも伝えず姿を消しているため、誰であろうとあそこに手を加えることは不可能だ。

惜しくはあるものの、まあ仕方のないことである。

「……出来れば賠償を請求したいところだが、魔女がその命と引き換えに作り出した光景、ということになっている以上はそうもいかんしな。ふんっ、まあ——むっ」

と、ここ最近に起こったことを整理がてら思い出していると、その締めくくりに相応しい報告書が見つかった。

それは妹のシーラが、再度この森を出て行く旨を記したものであり——

「同行者二名、か……」

呟くと印を押し、無造作に放り投げる。

睨みつけるように天井を見上げ——ヨーゼフはまだ痛む頬を撫でながら、ほんの少しだけその口の端を吊り上げた。

「賠償は勘弁してやるが……妹二人を泣かせたりしたら、承知せんぞ？」

†

「……うん？」

誰かの視線を感じたような気がして、ソーマはその場に立ち止まった。

しかし振り返ってみても、そこにあったのは生い茂った森だけだ。

身を隠すには最適ではあるものの、特に誰かが潜んでいるような気配はない。

気のせいだったのかと首を傾げ——

「ソーマさん？　どうかしたんですか？」

「……ん、何かあった？」

少し先を歩いていた二人にそれを見咎《みとが》められてしまったため、肩をすくめて返した。

「いや、妹想いの兄がこちらを見ていたような気がしたのであるが、ただの気のせいだったみたいであるな」

「何なんですかその具体的なのか適当なのかよく分からない言葉は……」

「……多分、適当な方」

「おお、さすがシーラ、よく分かったであるな」

「……えっへん？」

「せめて最後を疑問符ではなく、胸を張った感じにしてください」

そんな取り留めのない、戯言めいた言葉を交わしつつ、歩みを再開させる。

特に急ぐ理由もないのだが、まだエルフの森を出たばかりのところだ。

誰に見られるとも限らないので、せめてもう少し離れておいた方が安全だろう。

とはいえ――

「ところで、森を出たら真っ直ぐとは聞いたであるが、こっちでいいのであるか？　特に目印になるようなものは見えないのであるが……」

直接エルフの森、というか魔女の森に跳んできてしまったソーマは知らなかったのだが、エルフの森の周りは見渡す限りの草原であった。

街道なども存在しないようで、真っ直ぐと言われても何処に向かえばいいのかいまいちよく分からない。

ここまではシーラの案内で抜けてきたし、引き続き先頭を歩いているということは、シーラには分かっているのだとは思うが――

「……ん。……多分大丈夫？」

「いきなり不安になったであるな」

「……シーラ？　本当に大丈夫なんですよね？」

「……私はこっちに行ったことがないから、自信があるとは言い切れない」

「あー、なるほど。あっち回りでラディウスに入ったのであるか」

「……ん」

聞いた話でしかないが、エルフの森から別の町、というか国へと行く場合、主に三つの道が存在している……らしい。

勿論その先の国から辿ることで様々な国へと行くことは可能だが、そのうちラディウスへと向かうことの出来るものは二つだ。

そしてそのうちの片方が、シーラが通ったことのある道である。

ただしそれはラディウスへと辿り着くためには、遠回りともなる道だ。

元々ラディウスへと行くつもりだったのに、シーラ、というか彼女を連れたドリスがそっちへと向かった理由は、二つ。

シーラに色々な場所を見せるつもりだったのと……もう片方の道が、魔族の領域を通過することからそれを避けるためであった。

つまり、これからソーマ達が向かおうとしているのは、シーラの行ったことがないという、魔族の領域を通過する方である。

「まあ、多少近くなるとはいえ、敢えて危険かもしれない方へと向かう理由は少ないですからね。……その、ですから、本当にいいんですか？」

「うん？　何がである？」

「こちらへ行こうとしているのは……その、わたしのせい、ですよね？」

「まあ、そう言えなくもないであるな。顔が見られないようになっているとはいえ、そんな格好の人物を二人も連れているとなれば、普通は怪しんでくださいと言っているようなものであるし」

「……ん、怪しい」

「自分のことでもあるのに、シーラは頷かないでください。……確かに、怪しいですが」

そんな言葉を交わしている通り、今、ソーマのすぐ傍を歩いている二人の格好は怪しかった。

何せシーラはある意味見慣れた格好――全身をローブで覆い、フードも被るという、外からではどんな顔をしているのか分からないという、あの格好をしているのだ。

さらにはもう片方――フェリシアもまた、同じ格好をしているのである。

こんな二人を連れて国境の関所へでも行こうものなら、怪しんでくださいと言ってるも同然だろう。

実際のところ、ドリスに連れられ、シーラ一人だけだった時ですら、怪しまれて顔を確認されたそうだ。

エルフだということが分かり、ことなきを得たらしいが……さすがに今回はそういうわけにもいくまい。

フェリシアは外見が外見だし、一般的には白髪イコール魔女だ。

そもそも実際に魔女なので、それは誤解でも何でもなく、誤魔化すにしても限度というものがある。

ラディウスへと辿り着くまでにはそんなことが幾度もあるらしく、ならば魔族の領域を通ってしまった方がいっそ安全だろうという結論に至ったのは、自然なことだろう。

だからそれは確かにフェリシアのせいだと言えば言えなくもないのだが——

「ま、早く戻れるのであれば、それに越したことはないであるしな」

そもそもラディウスへと向かおうとしているのは、基本ソーマの都合である。

いい加減こっちでのんびりとしすぎたので、学院やら何やらの関係者のところに顔出しをして無事を伝えねばならないだろう、ということで。

それは早ければ早いほどいいので、フェリシアのことがなくとも、おそらくソーマはこちらの道を選択していたはずだ。

……いや、何だかんだ言いながら、むしろ遠回りの方が魔法に関するあれこれが探せるかもしれないなどと言ってそっちを選んでいた可能性もあるので、フェリシアのおかげでこっちを選べたとも言えるだろう。

「……それは詭弁《きべん》だと思います」

「……ん、でもソーマなら確かにありえそう」

「で、あろう？」

「何故そこでソーマさんは胸を張るんですか……自慢することではないでしょうに。と言いますか……そもそもわたしはあなた達と一緒に行く必要がない……いえ。あなた達はわたしと一緒に行く必要がないと思うのですが？」

「いや、少なくとも我輩はあるであろう？　フェリシアがこうして外に出るようになったのは、我輩のせいなわけであるし」

今更の話ではあるが、何故こうして三人でエルフの森の外へと出て、ラディウスへと向かっているのかと言えば、日付的に言えばつい昨日、ソーマが森神を力で強引に屈服させたことに端を発している。

まず森神に話をつけ、今まで通りにエルフ達に力を貸しつつ、その存在を認識させない――森神は死んだことにさせた。

わざわざそんなことをした理由は、エルフ達のためではあるが、同時に貸しを作るためでもある。

森神からの力は、彼らにとって生命線だ。

それを維持させたということは、彼らの命を救ったも同然の、大恩となる。

だからソーマは、それを用いてヨーゼフと交渉したのだ。

フェリシアを、あの狭い森の外へと連れ出すために。

何故そんなことをとは、ヨーゼフだけではなく、フェリシア本人にも問われたが、逆にソーマからすれば、そんなことを聞かれたことの方が疑問だった。

フェリシアがあの状況を望んでいなかったのは傍目《はため》にも明らかだ。

いや、それどころか、きっと誰一人としてあんなことを望んでいる者はいなかった。

だがしがらみなどの様々な要因からそれを強いるしかなく……そして今回ソーマは、その全てを無視し自らの望みだけを強行出来る立場を得たのだ。

ゆえにそれを用いたという、ただそれだけのことであった。

そうして話し合いの末に幾つかのことが決められたが、その大半は当たり前のことであり、決めるまでもなくそうするつもりだったことだ。

特に、外に連れ出すのはいいが、その全ての責任はソーマが持つというのは、当然すぎて議論の余地が存在しないものである。

結局、森神はフェリシアが当初の予定通りその命を以て封印……するはずが勢い余って滅ぼしてしまったことにし、なのに何故か力だけは今まで通りだということにした。

正直、隠すつもりあるのかというぐらい大雑把すぎる設定ではあるが、別に気付かれたところで問題はないのだ。

どうせそのうちばらす予定になっているし、要はそれまでの建前が存在していればいいのである。

むしろ重要なのは、エルフの森に魔女が居たがそれは既に滅んだ、ということがエルフ以外に周知されればいいのだから。

それからほとぼりが冷めた頃にフェリシアを森に戻せば、きっと大団円となるはずだ。

少なくともソーマはそうさせるつもりだし……その邪魔をするというのならば、なんぴとたりとも許しはしない。

そのぐらいソーマは彼女に恩があると思ってるし……何よりも単純に、そうしたいと思うのだ。だから。

「まあそれに、ヨーゼフにも頼まれたわけであるしな。殴り飛ばしたことはまったく悪いとは思っていないであるが……ま、そのぐらいの頼みならば聞くべきであろう」

そしてソーマがある程度以上のわがままを通せるとなるとラディウスしかないし、その中でも学院はある種の治外法権だ。

あそこならば幾らでも庇うことは出来るだろうし、それもあそこを目指している要因の一つ……というか、結局はそれが理由だ。

まあ、何にせよ――

「自身に原因があり、さらに頼まれたならば、見捨てるとかはありえない、ということであるな」

「……ん、妹が姉を見捨てるとかも、ありえない」

「……あなた達は少し、わたしを甘やかしすぎだと思います。わたしはそこまで箱入りというわけではないですし、そもそもあなた達よりも年上ですよ？」

「その姿で、であるか？」

今はローブで顔まで覆われているものの……いや、だからこそ、尚更その言葉には説得力がない。

その姿は誰がどう見ても、ただの子供にしか見えなかった。

まあエルフの特徴が外見に出ていない時点で、どちらでも大差はないわけだが。

「……外見のことはこれでも結構気にしているので、あまり言わないでください。大体これはわたしが魔女のせいではなく、おそらくは主にエルフの血のせいですし」

「……ん、姉さんは、ろりばばあ？」

「……ソーマさん、人の妹に変な言葉を覚えさせないでいただけますか？」

「ちょっと待って欲しいのであるが、何故そこで我輩のせいになるのである？　我輩、そんな言葉をシーラに覚えさせた記憶はないであるぞ？」

「……ん、確かに教わってはない。……ただ、ヒルデガルドに言ってたのを聞いて、覚えただけ」

「うん？　ヒルデガルドに？」

言っただろうか？　と思うも……言ったような気もするし、言っていないような気もする。

ヒルデガルドと喋る時はあまり細かいことを気にする必要がないので、割とノリで話す時があるのだ。

そのため、喋った内容を覚えていないこともあり……まあ、シーラが覚えているということは、実際に言ったのだろう。

「うむ、前言を撤回するのであるが、どうやら我輩のせいらしい。すまなかったのである」

「また無駄に男らしいですね……まったく」

そう言ってフェリシアは溜息を吐き出し……顔は見えずとも、笑ったのが分かった。

だからソーマも肩をすくめながら、笑みを浮かべる。

シーラも気配からだけではあるものの、うっすらと笑っていることが伝わり。

そうして、三人は笑みと共に、一路、魔族の支配する領域――ディメントとも呼ばれる場所へと向かうのであった。

## 32

ベッドの上で、少女は一人首を傾げていた。

窓の外ではとうに夜の帳が下りており、それどころか既に日付が変わろうかという時間である。

普段であれば当然のように眠りに落ちている時間であった。

そこは学院寮の自室だ。

講師用ということもあって生徒のものよりは若干部屋は広いが、基本的な構造は大差ない。

長期休暇中ということもあって元より人の気配は希薄だが、この時間ともなれば尚更である。

自分以外に人影のない室内を見回しながら、少女は首を捻っていた。

「うーん……？　はて、私は何故目覚めてしまったんでしょうかねー？　別に何も感じないですし、何かが起こる予定もないはずですよねー？」

予定などというものは既に当てにならなくなって久しいが、実際その通りでもある。

この時期、彼女が必要とされることなどは存在していないはず――ああいや、一つだけ可能性がなくもなかったが、あれは確か時期的にはもう少し後のはずだ。

そもそも仮にそれが前倒しになったのだとしても、ここからでは幾ら何でも遠すぎる。

目覚めたところで、彼女に出来ることなど何一つとして存在しないだろう。

「そう言われるとさすがの私も傷つくんですがー？　たとえ実際に何一つ出来ることがないとしても、ですよー？　まったく、相変わらず乙女心が理解出来ていませんねー」

そんなものを理解するつもりはないので当然ではあるのだが……さて、戯言はともかくとして、彼女は結局何の為に目覚めたのだろうか。

今までもそう疑問に思うことはあったが、ここまで何も起こらなかったことは初めてのはずだ。

彼女の認識外で何かが起こった後だという可能性は、勿論なくはないが――

「――っ!?」

瞬間、少女が弾かれたように振り返った。

しかしその視線の先にあるのは窓であり、当たり前のようにそこには何もなく、誰もいない。

当然である。

二階というだけではなく、講師用の寮は他の建物とは僅かに離されて建っているのだ。

人目に簡単に晒されるようになっているそこには、人の目が現在ほぼないとはいえ、誰かが忍び込めるはずも――

「……なるほど、さすが、と言うべきですわね。これでも気配は消していたつもりだったのですけれど……」

と、そんな思考を嘲笑うかの如く、窓の内側に、唐突に人影が現れた。

月光に照らされるその髪の色は、桃色。

その背丈はそう高くはないが、あくまでもそれは成人を対象とした場合である。

彼女を基準とすれば遥かに高く、その口元に浮かんでいるのは笑みだ。

女であった。

少女、ではない。

おそらくは成人の……だが同時に、それ以上のことは読めなかった。

その所作はただそこに居るだけで老練さを感じさせるが、外見とその表情からは瑞々しいほどの若さも感じさせる。

端的に言ってしまえば年齢不詳といったところであり、得体も知れず——次の瞬間、動いたその目が、確実にこちらを捉えていた。

まるで視線で貫かれたかの如く、そこから目が離せない。

錯覚だということは分かっているが、息が詰まり、ごくりと喉を鳴らすところまでを空想した。

それから解放されたのは、女が目元を緩めたからだ。

「……ごめんなさいね。どうしても、一方的に見られる、ということが気になってしまって」

「……もしかして、見えてるんですかー？」

「ええ、勿論。それが私の本領で、役目ですから。『剣』のあなたにならば、理解出来るでしょう？」

「——っ」

そこで少女が息を呑んだのは、女が口にした言葉の意味が理解出来たからだ。

いや……あるいは、それで確信出来たから、と言うべきかもしれない。

女が何者であるのかということを、きっと彼女はその姿を見た瞬間から分かっていた。

「……あなたは、やはり――」

「ええ。私は端的に言ってしまうのであれば、『瞳』ですわ。あなたと……っと、申し訳ありません。そういえば、ご挨拶がまだでしたわね」

「……そういえば、そうですねー」

今更と言えば今更だが、それでも女は一度姿勢を整え、にこりと笑みを浮かべると、一礼した。

「初めまして……あるいは、お久しぶりです、と言うべきでしょうか？」

「……初めまして、でいいと思いますよー？　少なくとも私は、あなたに会うのは初めてですから
ー」

「確かにそれもそうですわね。それでは、改めて――初めまして」

そう言ってもう一度深々と頭を下げ……上げ、笑みを浮かべた女の顔を、確かに少女は知っていた。

かつてリナが、一度だけ会ったことがあるからだ。

……もっとも、会ったことがなくとも、女が何者であるのかは、きっと一目で分かっただろうが。

「はい。初めまして、ですねー」

そうして少女も挨拶を返し……それから、一つの問いを発した。

ある意味で、最も重要な質問を、だ。

「……それで、私はあなたのことを、何とお呼びしたらいいんでしょうかー？」

「あら、別に何でも構いませんわよ？　お好きなようにお呼びくださって結構です。聖女でも、第五の王でも、天の瞳でも……人類の観測者でも。ええ、あなたにならば、何と呼ばれようとも問題はないのです。だって、そうでしょう？　私達は、同類なのですもの」

「……っ」

女が浮かべた笑みは、きっと心からのものだった。

だが……あるいはだからこそ、少女は息を呑む。

同時に、その脳裏には様々なことが過っていた。

色々なことを考え、想定し……その上で結局、続けてその問いを口にする。

「なるほど……では、あなたが何をしにこんなところにまで来たのか、お聞きしてもー？」

「あら、つれないですわね。あなたが何とお呼びしてくださるのか楽しみにしていたのですけれど……まあ、それは次の楽しみに取っておきましょうか。確かにことがことですから、早めに伝えておいた方がいいでしょうし」

そう言って女は、その口元の笑みを消した。

その瞬間雰囲気がガラリと変わり、その姿からは荘厳さすらも感じるようになる。

なるほど、聖都の中心であり、神に選ばれた今代の聖人だというのは、伊達ではないらしい。

そして。

「これはまだ確定したわけではないのだけれど……それでも、確定したと言ってしまってもよろしいでしょう。おそらくは……近い将来、新しい魔王がこの地に誕生します」

そんな言葉を、告げてきたのであった。

†

「——そうじゃ、旅に出よう」

学院長室へと訪れたアイナの顔を見るなり、ふと思いついたとばかりにヒルデガルドは唐突にそんなことを言い出した。

さすがにどういうことなのか分からず、アイナは眉をひそめる。

「……長期休暇中だからって、学院長が旅に出ちゃうのはまずいんじゃないの？」

授業は行われていないものの、学院に残っている生徒もいるのだ。

それに、講師達は全員が残っている上に、普通に仕事をしている。

授業があっては出来ないことをやったり、休み明けの授業のための準備をしたりと、むしろ普段授業を行っている時以上に忙しいという。

というか、そう言って愚痴ってきたのは、確か目の前の人物だったはずだが……と、そんなことを思っていると、何故かジト目を向けられた。

「そんなことは我も分かっているのじゃ」

「……分かってるんなら余計駄目じゃないの」

「お主達が悪いのじゃ……！」

「えぇ……」

突然責任転嫁され、思わず戸惑いの声が漏れる。

そもそもアイナが今ここにいるのだって、唐突にヒルデガルドに呼び出されてのものだったのだ。

だというのに何だこの理不尽は、と思い――

「お主達ばかりずるいのじゃ……！　我もソーマを捜しに行きたいのじゃ！」

「ああ……なるほど、そういうわけね」

ようやく状況を理解し、一つ溜息を吐き出す。

ただ、理解出来ただけであって、納得したわけではないのだが。

「確かにあたしはこれから外出する予定だけど、別にソーマを捜しに行くわけじゃないわよ？　あと、達、ってシーラのことも言ってるんだと思うけど、あの娘《こ》も里帰りしただけだし」

「嘘なのじゃ！　そう言いながらソーマ捜しもするつもりじゃろうが……！」

「……そりゃまあ、まったく捜さないとは言わないけど、あくまでもついでであって、目的は別にあるんだけど？」

「目的が別にあろうが何じゃろうが、ソーマを捜しに行けるというだけでずるいのじゃ！　我も行きたいのじゃ！」

「ただの駄々っ子じゃないの、もう……」

言いながら溜息を吐き出すも、まあ気持ちが分からないとは言わない。

逆の立場ならば、同じようなことを思ったかもしれないからだ。

とはいえ、それはそれである。

というか……代わってくれるというのならば、正直なところ代わって欲しいくらいであった。

「……別にあたしは、遊びに行くわけじゃないんだけど？」

「何を言ってるのじゃ！　里帰りなど、遊びに行くも同然じゃろうに！」

里帰り。

それは、事実であった。

これからアイナは里帰りしようとしているのであり、外出というのもそのことなのだ。

そして普通ならば、確かに里帰りというのは遊びに行くのも同然のことなのかもしれないが……少なくともアイナにとっては、そうではなかった。

何せもう二年以上、連絡すら取っていないのである。

今更帰ったところで、何を言われるか……いや、それどころか、受け入れてもらえるのかすらも分からないのだ。

帰りたくない、とまでは言わないまでも、正直なところあまり気乗りはしなかった。

それでも今回帰ることを決めたのは、色々なことを考えた末のことだ。

シーラに刺激を受けたというか……自分も、これ以上逃げ続けているわけにはいかないと思ったのである。

ともあれ。

「それで、結局のところあたしはどうしてここに呼び出されたわけ？　まさかそんなことを言うためにじゃないでしょうね」

アイナが学院長室に呼び出されたのは、里帰りをするために学院へと届出をした直後であった。特に理由は告げられず、とりあえず学院長室まで来るようにと言われたのだ。

当然ではあるが、外出の許可を取るために学院長へと連絡する必要はない。

普段からそうであるし、長期休暇中ともなれば尚更だ。

とはいえ、私的なものとも考えづらい。

ソーマが失踪して以来、学院長とは妙に交流する機会が増えた、というか、そのことで愚痴を聞かされたりするようなことが増えたものの、あくまでもここは学院長室である。

私的なことが理由ならば、もっと別の場所に呼び出されていたはずだ。

まさか本当に今のような愚痴を聞かせるためではあるまいし……と、そんなことを考えていると、ヒルデガルドが何やら机の上を漁り始めた。

「ああ、うむ、もちろんしっかりした理由もあるのじゃぞ？　お主にちと届けて欲しいものがあるのじゃ」

「届けて欲しいもの……？　そんなこと言われても、あたしは本当に里帰り以外のことは基本的にするつもりはないわよ？」

ソーマを捜すのはあくまでもその道中でのことであり、本当についででしかないのだ。

捜す当てもないのだからそれ以外に出来ることなどないし……あるいは、途中で手掛かりでも見つかればその限りではないかもしれないが、さすがにそこまで都合よくいくなどと考えてはいない。

かといって、道中のどこかに届けるのだとしても、正直アイナはその辺の地理を詳細に理解しているわけではないのだ。

何となくこういけば辿り着けるだろうと思ってはいるものの、逆に言えばその程度。

具体的な場所を告げられたところで、そこに何かを届けられる気はしなかった。

が。

「いや、むしろだからこそじゃぞ？　届け先はお主の父親であるからな」

「は……？　父様に？」

予想だにしていなかった言葉に、思わずアイナは間抜けな声を漏らしながら数度瞬きを繰り返す。

確かに、アイナの父親はある意味では一国の王だ。

贈り物などがあったところで不思議ではあるまい。

だが、世間一般からの呼び名は魔王であるし、言ってしまえば嫌われ者だ。

魔族達からならばともかく、他国の者からのとなれば――

「……変なのじゃないでしょうね」

「何故我が変なものを贈らねばならんのじゃ？　ただの書簡じゃよ。ちと知らせたいことがあるのでな」

「知らせたいこと……？　っていうか、その言い方からすると、まるで父様と知り合いみたいに聞こえるんだけど？」

「まあ、実際そうじゃしな」

「えっ……そうなの……？」

ラディウス王国の王立学院の学院長が、どうやったら魔族の王と知り合う機会があるのだろうか。

……まあ、ソーマとも知り合いだったみたいなので、その辺に関しては今更なのかもしれないが。

だが、それはそれとして、他にも気になることはあった。

「……まあ、そのくらいなら持っていくのは構わないけど……受け取ってもらえるかは分からないわよ？　あたしがここにいるって知らないだろうから、学院長からのものだって言ったところで信じてもらえるかも分からないし」

娘が持ってきたものだから、ということで無条件で信じるほど甘い人ではないだろう。

そもそも二年以上もの間、連絡一つ寄越さず行方をくらまし続けている家出娘なのだ。

その立場のことも合わせて考えれば、むしろ疑う方が自然である。

「うん？　ここにいることを知らぬ……？　連絡はしているのじゃろう？」

「してないわよ。だから当然、今回戻るってことも連絡してないし……最悪、門前払いを食らうかもしれないわね」

自虐的にそう言って、肩をすくめる。

まあ、さすがに本気で言っているわけではないが。

二年前に家を出たことだって、そもそもの原因はアルベルトにあったが、結局はアイナが勝手に思い悩んで暴走した結果なのだ。

あの時素直に父達に自分の思いを告げていれば、あんなことにはならなかったかもしれない。

いや、きっとならなかったのだろう。

だがそれは今だからこそそう思えるのであって、あの時のアイナには無理だった。

そして、だからこそ未だに連絡の一つも取っていないのでもある。

父達に連絡をしていないのは、その手段がなかったからというのもあったが、どちらかと言えば気まずかったから、という理由の方が大きい。

多分、連絡はしようと思えば可能ではあった。

ソーマの母であるソフィアは特級スキル持ちの魔導士だ。

連絡を取りたいと言えば、方法の一つや二つ教えてもらえたかもしれない。

しかし気まずかったために教えてもらおうとはせず、その結果、今までずるずるときてしまい、余計に連絡しづらくなり……というわけだ。

何とか今回思い立って帰ろうとしているものの、気は重いままだし、そんな娘の持ってきたものを素直に信じて受け取ってくれると思うほどアイナは楽観的ではない。

最悪、渡そうとしたところで捨てられてもおかしくないと思っていた。

と、アイナとしては当然のようにそう思ったのだが、ヒルデガルドは首を傾げると、不思議なことを言ってきた。

「娘から信じられておらんのじゃなぁ……まあ、そういうところは不器用そうじゃったから、そこまで不思議でもないかもしれんのじゃが。しかし、それはともかくとして、あやつはお主がここにいることは知ってると思うのじゃぞ？」

「どうやってよ？　さすがの父様達でも知りようがないでしょ」

「いや、あやつならば本気で捜そうと思えば出来るじゃろうし……そもそもの話として、ソフィア達が連絡してると思うのじゃが？」

「は？　何でソフィアさん達が……？」

確かに今のアイナの身元の保証人はソフィア達ではあるし、普通に考えれば親のところへと連絡していたところで不思議はない。

だが、アイナの親は普通の相手ではないのだ。

それにアイナは、自分が魔王の娘であることを知らせてはいない。

色々な意味で連絡のしようなどないはずで――

「うん？　もしかして、知らなかったのじゃ？　お主の父達とソフィア達は元々知り合いじゃぞ？　今でも連絡する方法の一つや二つあるじゃろうし、連絡していないわけがなかろうよ。お主があやつらの娘であるということも、さすがに気づいてるじゃろうしな」

「えっ……？　父様とソフィアさん達が……？」

そんな話は聞いたことがなかった。

ソフィア達とは数ヶ月ほどの間、同じ場所で過ごしていたものの、そんな素振りを見せたことすらなかったはずだ。

とはいえ、学院長は何の根拠もなくそんなことを言う人物ではないだろうし、そんな嘘を吐く意味もない。

ということは、事実である可能性が高いということだが……。

「……まあ確かに地理的には隣同士になるんだし、知り合う機会があっても不思議じゃないのかもしれないけど……」

歳も近そうだし、実際アイナはソーマ達と知り合っている。

同じようなことがあったのかどうか……まあ、ないとは言い切れないだろう。

もっとも、そうは思ってもいまいち納得しきれないでいると、何かを納得するようにヒルデガルドが頷いた。

「ふむ……なるほど、お主は知らぬのじゃな。そういえば、ソーマも以前ここに来てから知ったとか言っていたのじゃな……ということは、知らなくとも不思議はなさそうなのじゃ。あやつもあやつで自分のことを得意げに話すようなやつではないしの」

「……そんな意味深に言われると、すごい気になるんだけど？」

「いや、別に隠すようなことではないのじゃぞ？　一般的な知識……かは分からぬのじゃが、少なくともこの国の者であれば大半の者は知っていることじゃろうしの」

「じゃあもったいぶらずに教えてくれてもいいじゃないのよ」

「そうしても構わぬのじゃが、どうせこれから家に帰るのじゃろう？　なら本人に聞いてみた方がよかろうよ。……まあ正直、教えるとは思わんのじゃがな」

「駄目じゃないの……まあ、あたしもそんな気がするんだけど」

もう二年以上前だから記憶もおぼろげではあるのだが、アイナは父達から昔の話を聞いた覚えがない。

　それは単に聞こうとしなかったからでもあるのだろうが、多分聞いたところで大差はない気がした。

「ま、聞いても教えてもらえず、まだ気になるようなら話しても構わぬのじゃ。どうせそう長居する気はないのじゃろう？」

「とりあえず一度帰ってみようってだけで何かをしようってわけじゃないしね。早ければすぐにでも戻るつもりではあるわ」

「距離を考えればそれほど滞在していられる余裕もないのじゃしな。まあ必要ならば多少の融通は利かせるのじゃが」

「……別にいいわ。多分、あまり長居したいって思うことはないでしょうし」

　二年以上離れていたというのもあるが、元々アイナは父達と家族としての時間を過ごした記憶自体があまりないのだ。

　魔王として色々やらなければならなかったようであるし、多分父達は子供に対し不器用でもあった。

　そう思うのは、ソーマ達を見たからである。

　彼らを見て、自分達に似ているなと感じたのだ。

　だから、おそらく嫌われてはいないと思うのだが……正直なところ、どう接していいのか分からないのはアイナも同じである。

　多分帰ったところでろくに交流することも出来ないのだろうなと、そんな予感もあった。

　それでも今回帰ることを選んだのは、いい機会だと思ったし……繰り返すことになるが、これ以上逃げたくもなかったからだ。

二年以上前にアイナは逃げ、それは今も続いている。

このままではずっとそのままで何も変わらないと思ったから、ソーマがいない今こそ、一度帰って、逃げることをやめようと思ったのだ。

それに、シーラのこともある。

シーラもまた、逃げずに立ち向かうことを選んだのだ。

ならば、友人として……そして、ライバルとして、負けてはいられまい。

と、そんなことを考えていると、何故かヒルデガルドが目を細めて見つめてきた。

「……ふむ。ま、あまり思い悩むではないのじゃぞ？　あやつらは不器用なだけじゃからな。少なくとも、お主のことを嫌っているということはないはずなのじゃ」

「……分かってるわよ。自分の親のことだもの。考える時間はたっぷりあったし」

ただ、それはそれであり、分かっているだけでどうにかなるなら苦労はしないというだけのことだ。

「というか、人の心配してる場合じゃないんじゃないの？　そっちもそっちで大変そうだけど？……父様に届けるっていう書簡、まだ見つからないみたいだし」

そう、話している間もずっと捜していたというのに、未だヒルデガルドは書簡を見つけられていないのだ。

何やら理解力のある大人のような雰囲気を出そうとしていたようだが、完全に台無しである。

「いや、おそらくはこの辺に……おっ、あったのじゃ！」

そう言ってヒルデガルドが机の上から探し当てたのは、封がされた羊皮紙であった。

正直外見からは本当にそれで合っているのか分からないのだが、ヒルデガルドがそう言っているのだからそれで合っているのだろう。

「……ま、心配されずとも、お主が戻ってくるまでには全部片付けておくのじゃよ。ソーマにこんなところを見せるわけにはいかんのじゃし……それに、お主達に負けてもいられんのじゃしな」

そう言って口の端を吊り上げるヒルデガルドに、アイナは肩をすくめて返す。

それがどういう意味なのかは、敢えて聞かなかった。

「とりあえず、それを父様に渡せばいいのね？」

「うむ。ああ、そこまで大事なものでもないのじゃから、絶対に渡す必要があるとか考えなくていいのじゃぞ？　渡せなかったらそれはそれで構わんのじゃし、どこかでなくしてしまったらそれもそれで構わんのじゃ」

ならば自分に頼まなくてもいいのではないかと思ったが……もしかしたら、気を遣ってくれたのかもしれないと、ふと思った。

これを渡すとなれば、少なくとも何らかの会話は発生するだろうし、久しぶりの再会が気まずいだけで終わるということはないだろう。

単にアイナが帰るということでついでに思い立っただけの可能性もあるが……何にせよ、頼みを断る理由はなかった。

「ま、とりあえず承ったわ」

「うむ、よろしく頼むのじゃ」

差し出された羊皮紙をしっかりと受け取り、さて、と呟く。

「それで、用事はこれで終わりかしら？」

「そうじゃな。わざわざすまんかったのじゃ」

「まったくよ」

特に、頼み事をされたことよりも、妙な愚痴と因縁をつけられたことの方が。

しかし、そう言ったところでまったく悪びれた様子すら見せないのだから、相変わらずこの人はいい性格をしていた。

まったくと溜息を吐き出し、それじゃあと片手を挙げる。

「あたしはそろそろ行くわ。出発までの時間を考えれば、これ以上のんびりしているわけにはいかないし」

「うむ、では気をつけての。――イオリのやつによろしくなのじゃ」

父の名をさりげなく親しげに口にするあたり、どうやら本当に知り合いのようだ。

どんな関係なのやらと思いつつも、学院長室を後にする。

そして。

「……ま、それもまた父様に聞けばいい話よね」

自分を奮い立たせるようにそんなことを呟くと、アイナはかつて逃げ出した家に戻るため、その歩を進めるのであった。

†

いつも通りにその場に足を踏み入れると、少女は思わず溜息を吐き出していた。

視界に映し出されたその光景が、見るからに廃墟だったからである。

とはいえそれもまた、いつも通りだ。

別に何かがあって廃墟同然になったわけではなく、ここは元からこうなのである。

それでもいつもと違って見えるのは、やはり今ここに居るのが自分だけだからだろうか。

そんなことをつい考えてしまい、少女は再度溜息を吐き出した。

「こうして考えてみると、あいつらはあいつらでそれなりに役に立ってたってことですかねえ。問題しか起こさねえようなやつらでしたが……居なければ居ないで問題があるとか、本当に厄介なやつらです」

それは勿論のこと、二重三重の意味で、だ。

もっとも、愚痴ってみたところで、何がどうなるわけでもない。

とりあえず出来るところから、手をつけていくしかないだろう。

「とはいえ、さて、どうしたもんですかねえ……折角情報を手に入れてきたってのに、これじゃあどうしようもねえです」

周囲を見回してみれば、そこにあるのは先に述べたように、如何にも廃墟といった部屋だ。

しかしそんな場所ながらも僅かに生活感を感じるのは、実際ここで生活をしていた者達が少なからず居たからである。

だが今その場には、少女以外の人影はなかった。

たまたま留守にしている、というわけではあるまい。

少なくともここ数日……否、数ヶ月という単位で、誰かが立ち寄った形跡はなかった。

「……諦めた、ってんならまだマシなんですがねえ」

そんな呟きを、あの胡散臭《うさんくさ》い優男ならば、嘆いてみせただろうか。

あるいはあの胡散臭いモヤシならば、大仰な立ち回りを見せたかもしれない。

あの粗暴な男ならば、やはり粗暴な口調で罵ったかもしれず——

「そんなのを懐かしいとか思うあたり、末期ですねえ」

おそらくは、ここらで大人しく終わらせてしまうのが、賢い選択というものなのだろう。

今ならばもしかしたら、まだ戻れるのかもしれない。

最悪戻れずとも、きっと細々と生きていくことぐらいならば可能だ。

しかしそんな選択は許されない。

何よりも自分自身が許さない。

確かに始めたのは自分ではないし、結局のところ自分は担ぎ上げられたようなものだ。

だがそれを免罪符にするわけにはいかないだろう。

選んだのも、進んだのも、最終的には自分の意思なのだから。

そもそもあの三人はともかく、他の者達もきっと多かれ少なかれ似たようなものだっただろう。多分、何事もなければ、日々に不満を抱きながらも、それなりに満足しながらすごしていたに違いないのである。

それを崩し……果てにはこんな有様へと変えてしまったのだから、その責任は取らねばならない。

もう誰も残っていないのに、ではない。

もう誰も残っていないからこそ、だ。

「そのためにも、これが本当だったりしてくれたら嬉しいんですが……本当にこれ信用出来るんですかね？　よりにもよってこんな場所に、しかも魔神、ですか。胡散臭いってレベルじゃねえんですが。これならまだアルベルトやトビアスの方がマシな気がするです」

しかし言ったところで、やはりどうしようもない。

これに賭けるしか、残された道は存在していないのだ。

分が悪いなど、それこそ最初から分かりきっていたことである。

むしろここまで続けてこられたことが、奇跡的と言ってもいいだろう。

ならば――

「さてさて、本当にどうなりやがりますかねえ。どうせなら最後は呆気なくじゃなくて、派手に散りてえところなんですが……」

痛いのは嫌ですが、などと嘯きながら、少女は最後に一度だけそこを見回すと、あとはそのまま未練を感じさせる様子もなく、その場を後にするのであった。

# あとがき

こんにちは、紅月シンです。

今回も本作をお手に取っていただき、まことにありがとうございました。

さて、最近あとがきでコミックスのダイマしかやってないのでそろそろ別のことを話そうかと思いましたが……正直なところ、考えても話すことは特にありませんでした。

ネガティブなことを書いたところで誰も得しませんし……。

というか、あとがきって謝辞以外に一体何を書くべきなんですかね……？

なんてまあ、五巻目にして言うべきことではないんですが。

ああ、五巻目と言えば、こうして何とか五巻目まで出すことが出来ました。

とりあえず五巻目までは出したいと思っていましたので、一先ずの目標が達成出来て嬉しいと共にホッとしています。

おそらく六巻も出すことは出来そうなのですが、これも皆様の応援のおかげです。

いつも本当にありがとうございます。

今巻もそこそこ書き下ろしを書かせていただいたのですが、それも含め楽しんでいただけたのでしたら幸いです。

次も楽しんでいただけるようなものを書きたいと思っていますので、これからもよろしくお願いします。

あと、おかげと言えば、他にも忘れてはいけないものがあると思います。

そう、コミックスです。

コミックスのおかげというのもかなり大きいかと思うんですよ。

相変わらず素晴らしく仕上げていただいていますので、絶賛三巻まで発売中のコミックス、まだ手に取ったことがないという方がいらっしゃいましたら是非手に取っていただけましたらと思います。

多分ちょうど書籍二巻の終わりぐらいまで収録されるであろう四巻もそろそろ出るんじゃないかと思いますので（編注：20年夏予定です）。

文字だけでは分かりにくいところも分かりやすくしていただけていますので、本当にお勧めです。


っていうか結局コミックスのダイマと謝辞しかしてねえな、と思いつつも何とか紙面が埋まってくれましたので、残りの謝辞の方に移らせていただきます。

編集のK様、I様、相変わらず面倒をおかけしますが、いつもありがとうございます。

necömi様、お忙しい中、今回も相変わらずの素晴らしいイラストありがとうございました。

校正や営業、デザイナーなど、本作の出版に関わってくださった全ての皆様、今回もお世話になりました、本当にありがとうございます。

そして何よりも、いつも応援してくださっている皆様と、この本を手に取り、お買い上げくださった皆様に。

心の底から感謝いたします。

それでは、また六巻でお会い出来る事を祈りつつ。

今後ともよろしくお願い出来ましたら幸いです。

魔法を斬り
なるほど
ふむ……これならば我輩も——
斬ってみれ かるかもしれんのである
魔法が使えるようになるかもしれんのである
木剣で巨木を斬り
剣の理
神殺し
竜殺し
龍神の加護
絶対切断
万魔の剣
見識の才
ふぅ
……は？
斬魔の太刀

コミックライド
Comic Ride
the monthly super web comic
にて大好評連載中!!
動かれると手元が狂うであるしな
……え？
傷を斬り
魔族最強格を斬る
全てを斬る異世界の剣!!
コミック版①～③も

# 元最強の剣士は、異世界魔法に憧れる 5

GC NOVELS

もとさいきょうのけんしは、いせかいまほうにあこがれる

2020年6月3日　初版発行

著者
紅月《こうづき》シン

イラスト
necömi

発行人
武内静夫

編集
川口祐清／伊藤正和

装丁
横尾清隆

印刷所
株式会社平河工業社

発行
株式会社マイクロマガジン社
〒104-0041 東京都中央区新富1-3-7 ヨドコウビル
[販売部]TEL 03-3206-1641／FAX 03-3551-1208
[編集部]TEL 03-3551-9563／FAX 03-3297-0180
http://micromagazine.net/

ISBN978-4-86716-014-5 C0093




本書は小説投稿サイト「小説家になろう」（http://syosetu.com/）に掲載されていたものを、加筆の上書籍化したものです。